5分钟爆笑诗词

王维篇

历史的囚徒 著

湖南文艺出版社
HUNAN LITERATURE AND ART PUBLISHING HOUSE

博集天卷
CS-BOOKY

图书在版编目（CIP）数据

5分钟爆笑诗词．王维篇 / 历史的囚徒著 . -- 长沙：湖南文艺出版社，2023.9
ISBN 978-7-5726-1378-4

Ⅰ . ① 5… Ⅱ . ① 历… Ⅲ . ① 唐诗 – 诗集② 王维（699-759）– 传记 Ⅳ . ① I222 ② K825.6

中国国家版本馆 CIP 数据核字（2023）第 159242 号

上架建议：文学·中国古诗词

5 FENZHONG BAOXIAO SHICI. WANG WEI PIAN

5 分钟爆笑诗词 . 王维篇

著　　者：历史的囚徒
出 版 人：陈新文
责任编辑：匡杨乐
监　　制：邢越超
策划编辑：李彩萍
特约编辑：万江寒
营销支持：周　茜
装帧设计：利　锐
插　　画：罗茗铭
出　　版：湖南文艺出版社
　　　　　（长沙市雨花区东二环一段 508 号　邮编：410014）
网　　址：www.hnwy.net
印　　刷：三河市中晟雅豪印务有限公司
经　　销：新华书店
开　　本：875 mm × 1230 mm　1/32
字　　数：110 千字
印　　张：6
版　　次：2023 年 9 月第 1 版
印　　次：2023 年 9 月第 1 次印刷
书　　号：ISBN 978-7-5726-1378-4
定　　价：49.80 元

若有质量问题，请致电质量监督电话：010-59096394
团购电话：010-59320018

写最安静的诗，
做最冲动的人

王维此人，平常话少，不是太活跃。

走路的时候，他经常眉头微皱，若有所思。

他给人的印象，就像一尊沉默的石佛。

后来，他真的成了"诗佛"。

王维的绝活，是他的诗。

他总能用平实的文字，击中人的心灵。从古至今，都有不少人偏爱他。

其实，很难说王维是绝对的"佛系"。因为从他的诗句中可以看到他的热忱。

他活过，爱过，写过。他把其他人尤其是贩夫走卒，放在很重要的位置。

这就是王维的"大爱"，这是一种很了不起的品格。

可是，在当时的世道之下，个人的能力实在是微不足道的，

也许根本改变不了什么。

因此，在王维的笔下，不管是山水田园诗，还是边塞送别诗，传达出的都是一种深深的无奈。

世间的热闹，大部分是人造的，目的是远离孤独。

就算热闹特别浓厚，可是它的根基和底色，都是挥之不去的悲凉和孤独。

这是谁也改变不了的现实。

为何王维会有这种悲凉和孤独之感？一切都要追溯到王维十多岁的时候。

跟其他著名诗人相比，王维出来混的时间较早，他十五岁就开始去长安混社交场了。

王维与杜甫的仕途经历有一些相似之处。

他们身上都带着家族的厚望。他们都曾雄心万丈，想有一番大的作为。

后来，他们遭遇挫折，继而看清现实，并最终接受现实。

随之而来的是，他们慢慢地对官场失去兴趣。

不一样的是，在唐代几位大诗人中，王维的家世算比较好的（父母都出自大家族），起点是最高的（状元出身）。

然而，命运就喜欢跟人开玩笑。本以为一切会顺风顺水的王维，一辈子经历过两次大的挫折。

第一次挫折发生时，王维工作没几个月，那时他常常出入王公贵族们的府邸，与他们混在一起。因偶发的"黄狮子舞事件"，王维触怒玄宗，被贬济州，做了一名小小的仓库管理员。

那时候，王维才二十岁出头。如果说他打破了历史上被贬诗人的低龄纪录，应该不会有人发表异议。

那一次，王维摔得够惨够重，他曾经认定的成功之道，都变得不值一提，他对仕途的期盼和设想也开始崩塌。

被残酷的现实严重伤害后，王维变得像《鹿柴》里写到的青苔一样，默不作声，悄然长在角落，不再期待什么。

如果说最初的王维还称得上"燃系"，那后来的他就变得十分"佛系"了。

刚好他的母亲是虔诚的佛教徒，可以说王维的精神中带有佛学的基因。

一切都出乎意料，但是又顺理成章。

第二次挫折，对王维而言，是一种深层次的精神煎熬。

王维经历人生起落之后，好不容易官运上升，国家又发生暴乱。

王维不幸被叛军俘获后，安禄山对他产生了浓厚的兴趣，想让他给"新政府"歌功颂德，多写些马屁诗。

当时的王维可能也会埋怨自己的才华和名气吧？

就像一把双刃剑，他因诗名而显达，也因诗名而被叛军胁迫出任伪职。

如果王维只是一介小民，他应该会被叛军忽略和放过的吧？

彼时的压力，使王维透不过气来。

在叛军锋利的屠刀面前，王维一直在想办法逃避。

然而，即使他不计后果服药装病，也无济于事。

王维还是被胁迫着出任了伪政府的给事中，这与他在长安陷落前的官职一样。

本来就内心羞愧的王维，背上了更加沉重的精神枷锁。

这时候，是诗才和亲情挽救了他。

王维曾冒险写过一首表明心迹的诗，说明即使被伪政府软禁和胁迫，他的心仍然是向着大唐的。

后来，政府军收复了长安、洛阳。中书令崔圆爱惜其才华，为其说情，王维的弟弟王缙也向皇帝提出，他要自降官职，为哥哥赎罪。

最终，王维得以捡回一条命。

其实，当时很多被认定变节的人，都做了刀下鬼。

忠臣不事二主，出任伪职无疑给王维的精神上了一把重重的枷锁。

内心的苦闷，需要写诗来排遣。

跳动于笔端稿纸上的小精灵们，使王维做到了返璞归真，重获内心的宁静。

而曾经的轰轰烈烈的理想抱负，在时光中已燃成了灰烬。

如果认真读一读王维的传记和相关史料，你会发现：王维绝对是一个外表冷淡但内心冲动的人。

这不是随便说说的。

王维创作有不少送别诗，送别是王维写作的重要灵感来源之一。王维的另一个重要灵感来源当然是田园山水大自然。

王维送别诗中的佳作比比皆是。

很多人因为他的送别诗，得以永恒地留在了历史上。比如元二、李使君、钱少府、张判官、赵都督、刘司直、陆员外……

在送别朋友同事的时候，王维的灵感特别容易被激发。

王维从小就很注重内心的修炼，感情内敛，情绪不外露，然而，送别友人时，王维还是控制不住自己，屡屡"破防"。

面对不同的送别对象，王维心中的感情可能稍有区别，但总体来看，他总是胸怀一片赤诚。

王维总是在动情处流泪，感叹与好友聚少离多，怨叹人世间的变动不居。

就像几百年后苏东坡感叹的那样，"人有悲欢离合，月有阴晴圆缺"。

王维内心冲动的另一个表现是，像杜甫一样，王维也擅长引经据典，写一些讽刺社会现实的诗，如《老将行》《西施咏》。

这与人们对他脸谱化的认知不太一致。

其实，世界上的事，绝不是非黑即白，世界上的人，并非非友即敌。

人心也是一样复杂难辨，一个人很多时候是矛盾甚至分裂的。

中国历史上山水田园派的代表人物王维先生，也是多面的。

多面的王维，才是真实的，可感知的，有魅力的。

白居易年老之际，执掌最高权力的宣宗李忱，曾想让他当宰相，可惜在正式任命下达之前，白居易就去世了。

这种时间上的错位和遗憾，王维也遇到了。

唐代宗继位后，以粉丝的身份疯狂地搜寻他的诗句。王维之弟王缙当时为宰相，代宗对王缙说："卿之伯氏，天宝中诗名冠代。"并让王缙进献王维之诗。

"王爱卿啊，你大哥真了不起，天宝年间他的诗名冠绝当时！"

一生与权力若即若离、钟情山水田园的王维，如果还在世上，听闻圣上此言，他的内心会有何感想？是起伏不已，还是波澜不惊？

我们不得而知。

我们只知道，王维以他天生敏感的心，到这世上真实地走了一遭。

他写最安静的诗，做最冲动的人。

至于王维为什么不屈服于李林甫，为什么同样作为诗坛难得一见的奇才，王维居然没跟李白成为好朋友……这些都不重要了。

送别时，我最爱你！

——王维的感情诗

　　说到唐朝诗人的友情，大家印象最深的，可能是李白和杜甫的"醉眠秋共被"，白居易和元稹的"我寄人间雪满头"，又或者是柳宗元和刘禹锡的"以柳易播"。

　　其实，号称"诗佛"的王维，也有不那么"佛系"的一面。深入探究王维的诗，他对友情的热忱一定会令你大吃一惊。

　　"低调""沉寂"只是王维的表面掩饰，他的内心一直满怀热忱！

群聊名称　　　　　　　　　　喝点小酒，交个朋友 >

群二维码　　　　　　　　　　　　　　　　　　>

群公告　　　　　　　　　　　　　　　　　　　>

备注　　　　　　　　　　　　　　　　　　　　>

查找聊天内容　　　　　　　　　　　　　　　　>

消息免打扰

说起王维的好朋友，陕西人裴迪应该是排在第一位的。

赠裴迪

不相见，不相见来久。

日日泉水头，常忆同携手。

携手本同心，复叹忽分襟。

相忆今如此，相思深不深？

裴迪兄弟，我们不得相见的时间，久矣。每日在泉水边上，我常回忆起我们携手同游的日子。当时心心相印，可忽然又要分开，真让人无奈叹息。如今只能相互回忆，凭思念度日，这相思到底有多深？

裴迪，生卒年不详，字、号也不详，看起来好像是一个无足轻重的普通人。

然而，在王维的生命中，裴迪占有相当重要的位置。

这位读书人，曾进过张九龄幕府，也当过蜀州刺史及尚书省郎，是一位山水田园诗人。

裴迪也是杜甫的好友，曾与杜甫唱和。

裴迪寄了一首《登蜀州东亭送客逢早梅》给杜甫，表达了对杜甫的思念。

杜甫读后深受感动，写出下面这首诗作答：

和裴迪登蜀州东亭送客逢早梅相忆见寄

东阁官梅动诗兴，还如何逊在扬州。

此时对雪遥相忆，送客逢春可自由？

幸不折来伤岁暮，若为看去乱乡愁。

江边一树垂垂发，朝夕催人自白头。

这首诗，老杜写得情真意切，推心置腹。

初见欢喜，久处不厌。王维和裴迪在辋川成了彼此的家人。

要说王维和裴迪的关系到底有多好呢？

只需要记住，裴迪留下来的所有作品（《全唐诗》存诗29 首），绝大部分是写给王维的。

受王维的影响，裴迪的诗大多为五言绝句，写作对象以幽寂景色为主。

在二位诗人唱和的诗歌中，王维多称裴迪为"裴秀才"。

辋川闲居赠裴秀才迪

寒山转苍翠，秋水日潺湲。

倚杖柴门外，临风听暮蝉。

渡头余落日，墟里上孤烟。

复值接舆醉，狂歌五柳前。

裴迪与王维志趣相投，相处时甚是放松，喝醉了就狂舞不止。

在裴迪眼里，王维的地位不可替代。

王维和裴迪等诗人出门游玩，一起欣赏美景。

王维被青雀的鸣叫吸引，甚是欣喜。裴迪也循声望去，并提议以青雀为题，各自赋诗一首。

王维成诗如下：

青雀歌

青雀翅羽短，未能远食玉山禾。

犹胜黄雀争上下，唧唧空仓复若何。

裴迪也即兴写了一首：

青雀歌

动息自适性，不曾妄与燕雀群。

幸忝鹓鸾早相识，何时提携致青云。

彼时，王维已经入朝为官，裴迪还在求仕的路上不停努力。

一只青雀，引得几位诗人抒发情志，几人境遇不同，感思也不同。

然而，他们同样怀有理想，也同样洁身自好。

王维与裴迪最终的选择也相同，那便是归隐山林。

佛学也是他们共同的兴趣爱好，二人都从中获得极大的精神安慰。

当然，喝酒也是两位诗人必不可少的生活日常。

王维曾有诗记录：

酌酒与裴迪

酌酒与君君自宽，人情翻覆似波澜。

白首相知犹按剑，朱门先达笑弹冠。

草色全经细雨湿，花枝欲动春风寒。

世事浮云何足问，不如高卧且加餐。

我给你倒酒，希望你喝完心情能好点，世事人心反复无常，如同起伏不定的波浪。相交到老的人也可能按剑提防，那些弹冠相庆的显贵之人又何以见得没有虚情假意抑或各藏私计？

被细雨打湿后，草色正青，枝上花朵本欲开放，却遭遇倒春寒。世间诸事皆如浮云，根本不值一提，还不如爱惜身体，隐居山林。

感觉王维写此诗的目的是劝说裴迪，不要太在乎世间俗事，也不用太愤懑。

世道如此，不会依照人的愿望发展。

既然这样，不如多喝点酒，忘记那些俗事。

据说，裴迪还救过王维一命。

当时，安禄山攻进长安，唐玄宗出逃。王维被叛军抓获，拘于一个寺庙中。

在叛军的庆功会上，知名音乐人雷海青拒绝演出，激愤之下还砸毁手中琵琶，结果惨遭叛军分尸。

裴迪特意冒险来看望王维，跟王维说了这件事，王维心如滴血，偷偷（也很勇敢）地写了一首诗。

没想到，后来这首诗救了王维一命。

说来说去，都是命啊。

年纪轻轻，为何隐居？

公元 740 年，王维失去了生命中的两个好朋友。

一个叫张九龄，另一个叫孟浩然。

先说张九龄。

人生很多时候就是一个闭环。

王维的伯乐名叫张九龄，张九龄的伯乐名叫张说。

张说任宰相时，提拔了张九龄。后来，张九龄也登上相位，

通过自己的影响力，提拔有才之士。

王维给张九龄写干谒诗，受到赏识，于是重返朝堂。

后来，非常擅长权力斗争的李林甫取得唐玄宗的信任，并成功将张九龄排挤出朝堂。

从此，大唐相对开明的政治时期终结。

在得知张九龄被贬到荆州后，王维很是气愤，写诗一首：

寄荆州张丞相

所思竟何在？怅望深荆门。

举世无相识，终身思旧恩。

方将与农圃，艺植老丘园。

目尽南飞雁，何由寄一言！

"所思竟何在？怅望深荆门"两句，犹如苦苦诉说："敬爱的张大人，您对我有知遇之恩，所以现在我最思念的人，在荆州。"

全诗字里行间，都是王维对张九龄的挂怀。

对王维来讲，恩公被贬，意味着自己的政治追求的幻灭。

张九龄收到王维的诗后，感动地回了一首：

答王维

荆门怜野雁，湘水断飞鸿。

知己如相忆，南湖一片风。

沮丧至极，王维无力改变现状。

他干脆过起了半官半隐的生活。

再来说说孟浩然。

那时候的诗坛，王维与孟浩然并称"王孟"。两人都写山水田园诗，诗风相近。

王维与李白互相不怎么往来，但孟浩然跟王维互为知己，同李白也是好朋友。

孟浩然这个湖北襄阳汉子，比李白和王维大十二岁。

在交朋友这方面，孟浩然确实很有一套。

他靠的主要是真诚，他的诗句也在这样的真诚之心下，显得干净、淡雅。

当代诗人闻一多评价说，唐诗到了孟浩然手里，产生了思想和文字的双重净化。

一向狂傲的李白，在面对孟浩然时，也会收起狂傲，只剩下满眼钦佩。

公元 728 年，孟浩然赴长安应试，落第后滞留长安，729 年，王维来到长安，在长安大荐福寺跟随道光禅师学道。一次偶然的机会，两人相识了。

两人都喜欢写山水田园诗，有共同的话题，这让他们聊得很投机。

孟浩然也曾有机会接触到权力中心。

那次，老孟在王维的办公室闲聊，忽然大老板玄宗来访，孟浩然慌忙躲到床下。王维不敢隐瞒，如实禀报。玄宗大喜："我早就听说过孟浩然这个人，但一直没见过。为什么害怕得要藏起来呢？"他将孟浩然叫出，命其吟诗。

孟浩然拜了两次，朗诵自己所作的诗，其中有"不才明主弃，多病故人疏"两句。这两句是说："没才能的我被明主放弃，体弱多病的我被故人疏远。"

对此，大老板玄宗自然心知肚明。

玄宗认为是孟浩然不努力寻求官位，却非要把不得志的责任推到自己身上，非常生气，让孟浩然回去。从此，老孟变得更加心灰意冷。

729年，冬天返乡的时候，孟浩然给王维写诗一首：

留别王侍御维

寂寂竟何待，朝朝空自归。

欲寻芳草去，惜与故人违。

当路谁相假，知音世所稀。

只应守索寞，还掩故园扉。

这首诗读来像不像孟浩然搂着王维痛哭？

王维呢，一个劲地拍着孟浩然的肩膀，安慰他：

"别哭别哭，快回老家享受生活吧！"

送孟六归襄阳

杜门不欲出，久与世情疏。

以此为长策，劝君归旧庐。

醉歌田舍酒，笑读古人书。

好是一生事，无劳献《子虚》。

王维借诗劝老孟："回到老家，有什么不好？既不受世俗污染，又能生活在优美的风景中。"

后来，孟浩然真的彻底隐居了。

公元 740 年，王维以殿中侍御史身份知南选，职责是帮助朝廷在南方选拔人才，当时他途经襄阳。

王维兴冲冲地去找孟浩然，想和他分享自己的近况。

结果，有人告诉他，老孟已经过世好几个月了。

原来，740 年，王昌龄自岭南遇赦，北归途经襄阳，孟浩然听闻消息非常高兴，宴请王昌龄。尽管医生多次嘱咐孟浩然不能吃鲜鱼，但孟浩然特别热情，忘掉了这项忌口，食用鲜鱼，结果引发背疽，不治而亡。

王维悲从中来，写下悼诗一首：

哭孟浩然

故人不可见，汉水日东流。

借问襄阳老，江山空蔡洲。

此诗融情于景，可谓语短情深。

朋友已逝，如江水东流，唯能追寻遗踪以寄哀思。

盛唐最出色的两个山水诗人，就这样天人永别了。

玉真公主和王维的初见

王维是个重感情的人，他年轻时就如此。

王维曾有个好友叫祖自虚。

祖自虚早逝，王维写了一首永别的悼诗。

这首诗很长：

哭祖六自虚

否极当闻泰，嗟君独不然。悯凶才稚齿，嬴疾至中年。
余力文章秀，生知礼乐全。翰留天帐览，词入帝宫传。
国讶终军少，人知贾谊贤。公卿尽虚左，朋识共推先。
不恨依穷辙，终期济巨川。才雄望羔雁，寿促背貂蝉。
福善闻前录，奸良昧上玄。何辜铩鸾翮，何事与龙泉？
鹏起长沙赋，麟终曲阜编。城中君道广，海内我情偏。
乍失疑犹见，沉思悟绝缘。生前不忍别，死后向谁宣？
为此情难尽，弥令忆更缠。本家清渭曲，归葬旧茔边。
永去长安道，徒闻京兆阡。旌车出郊甸，乡国隐云天。
定作无期别，宁同旧日旋。侯门家属苦，行路国人怜。
送客哀终进，征途泥复前，赠言为挽曲，莫席是离筵。
念昔同携手，风期不暂捐。南山俱隐逸，东洛类神仙。
未省音容间，那堪生死迁。花时金谷饮，月夜竹林眠。
满地传都赋，倾朝看药船。群公咸属目，微物敢齐肩。
谬合同人旨，而将玉树连。不期先挂剑，长恐后施鞭。
为善吾无矣，知音子绝焉。琴声纵不没，终亦断悲弦。

自虚兄弟，人们说否极泰来，偏偏你不是这样！

我很早就认识了你，你那么有才华，可未等到机会你就病死了。

我一直以为还有大好时光可以与你相处，现在我才明白，一切都是有期限的……

从这首诗里可以看出，对祖自虚的才华，王维是拜服的；对他的短寿，王维也是惋惜的。

因此，王维才会在一首诗中，不厌其烦地用了很多个典故来表达自己的心情——此后知音难觅啊！

死者音容绝，生者长相思。

王维的另一位好友，同样姓祖，叫祖咏。

祖咏曾入仕，后归隐。

王维曾赠诗给他：

赠祖三咏

蟏蛸挂虚牖，蟋蟀鸣前除。

岁晏凉风至，君子复何如？

高馆阒无人，离居不可道。

闲门寂已闭，落日照秋草。

昆有近音信，千里阻河关。

中复客汝颍，去年归旧山。

结交二十载，不得一日展。

贫病子既深，契阔余不浅。
仲秋虽未归，暮秋以为期。
良会讵几日，终日长相思。

祖咏中进士后一直没有官位。后来，他终于有了为官的机会，可不过是一个非常偏远的地方的官员。

为了谋生，祖咏还是去上任了。

公元725年，祖咏在去上任的路上，经过王维当时的任所济州，前去看望王维。

两人推杯换盏，追忆往事，不胜唏嘘。

好兄弟的到来，为王维祛除了孤寂。

天色已晚，王维挽留祖咏在家里过夜，并作诗一首：

喜祖三至留宿

门前洛阳客，下马拂征衣。
不枉故人驾，平生多掩扉。
行人返深巷，积雪带余晖。
早岁同袍者，高车何处归？

人生能有这样的好友，一路陪伴并包容着自己，王维除

了感动，还有感激。

等到祖咏远行，王维又写诗一首：

齐州送祖三

相逢方一笑，相送还成泣。

祖帐已伤离，荒城复愁入。

天寒远山净，日暮长河急。

解缆君已遥，望君犹伫立。

我们俩再次相见，刚刚才相逢一笑，马上又要离别了，我不禁泪洒衣襟。

饯行之时，人生的离别真是令人惆怅。离别之后，我还要独自回到荒凉的城池。

天寒时节，远山格外明净，傍晚时分，大河奔流得更加急迫。刚解开缆绳，你就远去了，遥望你的背影，我心情低落，久久站立。

送别友人时，王维的内心，是多么伤感。

他与友人之间的感情，何其浓厚！

4

就像王维的好友裴迪一样，綦毋潜的诗风也与王维相近，他在王维的生命中也扮演着重要的角色。

《全唐诗》收录綦毋潜的诗共 26 首，主题多为士大夫寻幽访隐的隐逸之趣。

綦毋潜，字孝通，虔州南康（今江西赣州市南康区）人，开元年间得中进士。

他曾做过校书郎和拾遗之类的官职，后归隐。

綦毋潜的好朋友里，除了王维，还有张九龄、储光羲、孟浩然、高适、卢象等。

綦毋潜自己的人生路，并不平坦。

王维中进士那年，綦毋潜却落榜了。求仕无门的他，只得黯然回乡。

王维心里很难受，曾写诗给綦毋潜，给予他慰藉和勉励。

送綦毋潜落第还乡

圣代无隐者，英灵尽来归。

遂令东山客，不得顾采薇。

既至君门远，孰云吾道非？

江淮度寒食，京洛缝春衣。

置酒临长道，同心与我违。

行当浮桂棹，未几拂荆扉。

远树带行客，孤村当落晖。

吾谋适不用，勿谓知音稀！

最好的时代一定是没有隐者的，有才能的人都出来为国奉献。

大家都把一片热情献给当世，绝不躲避。

兄弟你落榜了，这只是运气不好罢了。

去年清明节时你路过江淮，现在滞留长安已经一年，准备离开长安。我带上美酒为你饯行，而你会驾着小船南下归去，几天后就能打开自家的柴门。

你现在遇到的只是一个小小的挫折，千万不要因为知音少而郁闷，让我们静候将来吧。

此诗充满了希望。

綦毋潜看完这首诗，很是感动，与王维约好长安再会。

之后，綦毋潜发奋读书，公元726年，他终于得偿所愿。

只是，世事难料，綦毋潜后来决定辞官归隐。

当綦毋潜弃官回江东隐居之时，王维又写下一首诗：

送綦毋秘书弃官还江东

明时久不达，弃置与君同。

天命无怨色，人生有素风。

念君拂衣去，四海将安穷。

秋天万里净，日暮九江空。

清夜何悠悠，扣舷明月中。

和光鱼鸟际，澹尔蒹葭丛。

无庸客昭世，衰鬓日如蓬。

顽疏暗人事，僻陋远天聪。

微物纵可采，其谁为至公。

余亦从此去，归耕为老农。

在此诗中，王维表达了对好友的眷恋，对綦毋潜弃官隐居的做法予以肯定，也流露出自己仕途不得志的愤懑。

壮志未酬，难免惆怅。

然而，放眼宇宙万物，个人的这点小事又算什么？

既然身不由己，不如与世无争。

王维还喜欢通过大自然景物来含蓄传情。

送梓州李使君

万壑树参天，千山响杜鹃。

山中一夜雨，树杪百重泉。

汉女输橦布，巴人讼芋田。

文翁翻教授，不敢倚先贤。

千山万壑中，全都是参天古树，到处都能听到杜鹃的啼
叫声。

山中下了一整夜的雨，树梢间流淌出一道又一道的山泉。

汉水边的妇女们，正在辛苦地织布，那一带田地较少，
经常发生争田的官司。

李使君，你正准备去蜀地赴任，希望你再现文翁治理蜀地的成果，奋发有为、不负先贤。

诗中的文翁在汉景帝时当过蜀郡太守，曾兴办学校，教育人才。

王维以他来勉励李使君，希望他效仿文翁，有所作为，不要辜负了先辈贤人。

这首赠别诗，充满了王维对友人的勉励。

再来看看这首王维苦苦等候友人时写的诗：

待储光羲不至

重门朝已启，起坐听车声。

要欲闻清佩，方将出户迎。

晚钟鸣上苑，疏雨过春城。

了自不相顾，临堂空复情。

大清早就打开重重屋门，坐立不安，期盼听到马车的声音。竖耳倾听，好似听到朋友身上玉佩的清响，正要起身去迎接，发现原来只是错觉。

晚钟在皇家园林回响，城上空有雨飘过。哦，原来朋友

来不及过来了，只是我自己太过急切，想要见到朋友。

本诗的亮点，在于王维将声音写活了，使读者身临其境，体会到王维久候朋友不至的怅然若失的心情。

在一次天降大雪之际，王维想到好友胡居士，写下一首五言诗：

> 冬晚对雪忆胡居士家
>
> 寒更传晓箭，清镜览衰颜。
>
> 隔牖风惊竹，开门雪满山。
>
> 洒空深巷静，积素广庭闲。
>
> 借问袁安舍，翛然尚闭关。

胡居士，名字、生平未详。佛教称在家修道的人为居士，此胡居士大概为与王维一起讨论佛法的好友。

胡居士穷且益坚，安贫乐道，令王维心生钦佩！

可是，今天满天都是雪，如此寒冷，不免让人心生担忧，此时体弱多病的胡居士怎么样了？

再来品读《送钱少府还蓝田》这首诗：

送钱少府还蓝田

草色日向好，桃源人去稀。

手持平子赋，目送老莱衣。

每候山樱发，时同海燕归。

今年寒食酒，应是返柴扉。

这首诗约作于乾元二年（公元 759 年）。

诗题中提到的"钱少府"，即钱起，是"大历十才子"之一。

当时安史之乱的战局朝着有利于唐朝官军的方向发展，官员对朝政多有积极的期待。

回归大城市的人越来越多，为什么钱起要逆向而行回到乡村呢？

原来，他是去父母身边尽孝。

再说山村田园景色一流，谁能不留恋呢？

唯一遗憾的是，等到了寒食节，恐怕无法和钱兄弟一起畅饮了。

下面这首诗流畅自然，王维直抒胸臆，已成为千古名诗。

送元二使安西

渭城朝雨浥轻尘，客舍青青柳色新。

劝君更尽一杯酒，西出阳关无故人。

渭城早上的小雨打湿了地面，客舍里一片青色，柳树刚抽出枝条。

朋友喝完这杯酒吧，因为向西出了阳关，就再不会遇到熟悉的朋友了。

王维是一个特别爱写友情诗和送别诗的人。出现在王维的送别诗里的，甚至还有外国友人。

这个人叫晁衡，原名阿倍仲麻吕，是个日本人。

公元717年，阿倍仲麻吕随日本遣唐使到中国留学。

玄宗、肃宗、代宗在位期间，阿倍仲麻吕在朝为官，后逝于长安。

阿倍仲麻吕的交际能力特别强，与王维、李白、储光羲的关系都不错。

公元753年冬天，阿倍仲麻吕坐船回国，王维特意写诗相送。

送秘书晁监还日本国

积水不可极，安知沧海东？

九州何处远，万里若乘空。

向国唯看日，归帆但信风。

鳌身映天黑，鱼眼射波红。

乡树扶桑外，主人孤岛中。

别离方异域，音信若为通！

大海如此辽阔，不知何处是尽头？

日本离中国太过遥远，你此去就要与我相隔万里。

在归国的航程中，你朝着日出的方向，而陪伴你离去的只有海上的信风。

海里有怪兽大鳌，它的身影把天都遮住了，巨鲸的眼则把海浪照射成了红色。

注意，此处是王维想象的景象，表明王维对友人返途的安全倍感忧虑。

在诗的最后一句，王维满怀深情地说道："你的家乡在孤岛上，此次一别真不知道如何通信才好呢！"

那次海上归程凶险，差点被王维言中。

阿倍仲麻吕的船只遭遇风暴，漂至安南，好在最终顺利返回长安。

晁衡对王维发出吃金枪鱼的邀请

我晕船。

墅别川辋

兄弟什么时候来日本？我请你吃最美味的金枪鱼。

6

王维有很多诗，读来平易通俗，里面却含有浓厚的情绪，连绵不绝，惹人落泪。

下面这首诗，应该是王维最为知名的作品，很多人都会背。

相思

红豆生南国，春来发几枝。

愿君多采撷，此物最相思。

有人说这首诗王维是在思念好友，也有人说王维是在思念亡妻。

总之，就是情感深厚，自然天成。

下面这首诗，也是王维非常知名的一首诗。

九月九日忆山东兄弟

独在异乡为异客，每逢佳节倍思亲。

遥知兄弟登高处，遍插茱萸少一人。

诗题中提到的"山东"并非一个省，而是指当时王维的家乡蒲州，蒲州位于华山以东，在今山西。

我形单影只地在异地生活，每到佳节热闹时就会特别思念亲人。

兄弟们今天一定去登高了吧？插着茱萸祝福彼此的时候，大家一定会发现，唯独少了我一个。

王维故意不说自己想念亲人，而说"他们在想我"，显得整首诗含蓄深沉，曲折有致。

这首诗成了古往今来游子们自叹自怜的代表作。

5分钟
爆笑诗词 王维篇

脑补大剧场

 王维　　 孟浩然　　 李白　　 裴迪　　 元二　　 祖自虚

 丘为　　 雷海青　　 崔五太守　　 宋之问　　 杨国忠　　 安禄山

 张九皋　　 唐玄宗　　 王缙　　 宁王李宪　　 崔小妹　　 玉真公主

 王处廉　　 母亲崔氏　　 晁衡　　 李林甫　　 岐王李范　　 祖咏

查看更多群成员 >

群聊名称	喝点小酒，交个朋友 >
群二维码	>
群公告	>
备注	>
查找聊天内容	>
消息免打扰	

• • • • • • 　王维壮观的朋友圈　• • • •

脑 补 大 剧 场

喝点小酒，交个朋友（66）

 孟浩然

> @ 王维 这世界上再找不到像你这样靠谱的朋友了！

王维

> 孟兄怎么忽然变得这么客气了？

 李白

> 老孟，什么意思？

 李白

> 你是说我不靠谱吗？

 李白

试图复原

 孟浩然

> 你只在有酒喝的时候才靠谱！ @ 李白

孟浩然

李白

你……

裴迪

@王维 什么时候我们去找李诗仙喝酒吧!

孟浩然

是啊,有什么心结是酒解不开的呢?
一壶不够,那就两壶!

贺知章

你们别费劲了,我制造了不少机会,
都不能把他俩拉到一起……

王维

换个话题,换个话题!

李白

没人觉得尴尬吗?

李白

你们继续聊
我去搬砖了

一句话知识点

朋友们很关心王维和李白的关系，希望他们能成为好朋友，毕竟二位都是了不起的大诗人。

裴迪

> 老王，在你曾经的领导里，你最喜欢哪一个？

王维

> 这个问题，我拒绝回答……

王维

> 😄😄😄

李林甫

> 不妨说说，我很想听！

太乐令刘贶

> 我先退出了！

王维

> 这种私密的事情，怎么回答都是错的！

王维

要不还是蒜（算）了吧

王维

沧桑的笑

 济州刺史裴耀卿

要不发私信吧，我好想知道答案！

 唐玄宗

你们在搞最佳上司评选吗，怎么能缺了朕？

 张九龄

一句话知识点

　　王维一生经历了多个岗位，遇到很多上司，但对他影响最大的，可能是亦师亦友的名臣张九龄。

 祖咏

那首《相思》，我怀疑是王兄弟为我写的！

祖自虚
更像是为我写的！

綦毋潜
看见没，"红豆生南国"，明明说的是我们江西……

王维
你们几个，让我说你们什么好呢？

晁衡
难道不是为我写的？

王维
老外也来凑热闹啊……

王维

王维

离谱

王维
都别抢了，这是写给我老婆的！

刘氏
你们看，我可什么都没说……

刘氏

一句话知识点

　　王维写给朋友的诗有很多，大多情意浓厚，以至于人们忘了他还有一个好妻子。

蒙蒙问
爸爸

蒙蒙：王维对朋友还真是一级棒！
爸爸：凡是有作为的人，都有一堆好朋友！
蒙蒙：那他为什么跟李白成不了好朋友？
爸爸：别问了，我也不知道。

一片冰心，走向幻灭

——王维的仕途诗

　　说起来，王维与白居易的仕途经历，十分相似。年轻的时候，他们都肩负家族重任，拼命读书。

　　两人都不负众望，年纪轻轻就科举高中。

　　初入官场，热血满腔，王维和白居易都渴望建立一番功业。

　　可是，壮志未酬就遭遇挫折，他们逐渐对仕途心灰意冷。

　　进入中老年后，两人都开始接受现实，要么多次辞官，要么半官半隐。

　　这就是他们的仕途缩影。

　　不过，王维的仕途出身，是万中无一的状元身份。

　　因为起点超高，所以他后来也摔得更重。

　　结果是，王维归隐的心，要比白居易更坚决一些。

群聊名称	做人难，做官更难 >
群二维码	>
群公告	>
备注	>
查找聊天内容	>
消息免打扰	

王维，河东蒲州（在今山西）人，祖籍山西祁县。

出名要趁早，王维做到了。

他出身豪门大族——唐朝几大望族之一的太原王氏。他的祖父王胄做过协律郎，在音乐方面颇有造诣。

有史料记载，王维"风姿都美"，刚出道就迷倒很多粉丝。

见过王维的人都说，这个人帅呆了，即使他不会画画，不会写诗，他至少还有英俊帅气的外表。

一个人长得好看，总会帮他获得更多的发展机会。

官场职场，很多人因外貌出众而被选拔。

让人嫉妒的是，王维不只帅气，还是学霸，懂音律，会绘画，对文字也有很强的掌控力。

关于王维的音乐才华，也不是吹的。

据说，有个人得到一幅奏乐图，不知道是什么曲子，因此来问王维。王维看了一眼便脱口而出："这是《霓裳羽衣曲》的第三叠第一拍。"

有好事者召集乐工演奏，发现果然如此。

二十岁不到，王维就写下四首《少年行》，其中最著名的是下面这首：

> **少年行（其一）**
>
> 新丰美酒斗十千，咸阳游侠多少年。
>
> 相逢意气为君饮，系马高楼垂柳边。

新丰产的美酒很是贵重，咸阳地界的游侠大多是少年。相逢时意气相投，痛快饮酒，骏马就拴在酒楼下的垂柳边。

此诗写得张弛有度，吟诵起来清爽流畅，少年游侠的形象跃然纸上。

王维诗中说的少年，大概不是别人，而是他自己。

年少有为，这个词用来形容王维真是恰到好处。二十一岁的时候，王维就已经中了进士，并且是进士中的佼佼者——状元。可以说，对天下绝大多数读书人而言，成为状元恐怕是一辈子都无法企及的梦想。

从概率上讲，王维成为状元，比中彩票还难一千倍。

其实，王维的科举之路也并非大家看到的那样一帆风顺，中间多有曲折。

《集异记》中记载了王维应试的故事。

　　王维至京兆府应试那一年，张九皋声名显著，他的好友经常同玉真公主往来，为张九皋托公主的属下写信给考官，要求把张九皋录取为解元。这个张九皋，是名臣张九龄的弟弟。

　　这件事给了王维深深的触动：要想出人头地，仅靠有才华，是远远不够的。

　　当时王维与岐王交好，他决定上门去寻求帮助。

　　"这样的操作有失公平！"

　　岐王见到王维后，就第一时间给他出主意："你从旧诗中挑十首写得好的，再准备一首新的琵琶曲，五日后再来找我。我陪你去面见公主。"

　　"没问题！"王维拍拍胸脯保证。

　　五天后，在岐王的帮助下，王维在长安郊区的一栋别墅里，见到了当朝皇帝唐玄宗的妹妹玉真公主。

　　现场听了他谱曲的《郁轮袍》，玉真公主对王维产生了浓厚的兴趣，王维此时趁机献上诗篇，公主览读后大为激赏。

　　"这么有才华的人，我还是第一次见，"公主眨了眨眼睛说，"而且，你还是个小帅哥。"

　　岐王此时将原委一一道出，公主承诺帮王维一把。没过多久，王维登上了当年的榜首。

在那一年，王维写下一首咏史诗：

李陵咏

汉家李将军，三代将门子。

结发有奇策，少年成壮士。

长驱塞上儿，深入单于垒。

旌旗列相向，箫鼓悲何已。

日暮沙漠陲，战声烟尘里。

将令骄虏灭，岂独名王侍。

既失大军援，遂婴穹庐耻。

少小蒙汉恩，何堪坐思此。

深衷欲有报，投躯未能死。

引领望子卿，非君谁相理？

在历史长河中，有很多英雄豪杰曾蒙受冤情。

汉代李陵将军被谣传投降匈奴，还帮匈奴操练士兵，结果导致汉武帝诛杀李陵家人。

李陵被人谗害，导致其无法报效朝廷，一身才华未得到施展，这是何等悲凉啊？

职场新人王维得到的第一个岗位，是"太乐丞"，也就是皇家音乐负责人。

虽然级别不高，但彼时王维已是公众焦点人物。

王维任太乐丞，也算继承了祖业。

几十年前，王维的祖父就担任过音乐方面的职务（当时叫"协律郎"）。

一出道，王维就是上流社会的宠儿，可以说是梦幻一般的开局。

王维跟在皇族们身后，与之交游宴饮。

可是没多久，他就被权力的锋芒刺伤。

当时，发生了"黄狮子舞"事件，伶人在署中演出黄狮子舞，有传言说是表演给岐王李范看的。按照惯例，这种高规格的节目只有皇帝能观看。

玄宗大怒，将第一责任人，时任太乐令的刘贶发配到边远地方，其父刘知几是知名史官，只因为儿子求情，也一并被贬。

王维则被贬到大唐的小城市济州，做了一名小小的仓库管理员（司仓参军），就此蹉跎人生。

每天打开仓库门透透气，拿棍子赶走老鼠、蟑螂等，就是身为仓库管理员王维的日常工作。

郁闷失落时，王维就会写诗。

被出济州

微官易得罪，谪去济川阴。

执政方持法，明君无此心。

闾阎河润上，井邑海云深。

纵有归来日，多愁年鬓侵。

唉，谁让我官位太低，任何人我都不敢得罪，处处我都可能犯错误。

执政的人是依法办事，圣上其实并没有贬斥我的心。我才二十岁出头，就被贬到地方。纵然有朝一日得以回归官场，只怕岁月与愁绪早已染白了我的双鬓。

年轻的王维满怀幽愤。

王维还写有为贤者鸣不平的诗作《济上四贤咏三首》。

诗题中的"四贤"都是身份低微的贤士，崔录事是个小秘书，成文学是图书管理员，郑霍两人则是闲居野外的隐士。

王维在诗中为这四个老实人发声，对他们在仕途上受到的不公平的对待抱以深深的同情。

这里只说写成文学的这一首：

> 济上四贤咏三首·成文学
> 宝剑千金装，登君白玉堂。
> 身为平原客，家有邯郸娼。
> 使气公卿坐，论心游侠场。
> 中年不得意，谢病客游梁。

诗的大意是：身佩价值千金的宝剑，来到成文学富丽堂皇的厅堂；我成为像平原君门客一样的人，主家蓄有美貌多艺的邯郸歌女；在公卿家的坐席上抒发志气，在游侠的聚集处真心论交；可人近中年仍然不得志，只能客居济州。

王维在诗中，正是借他人酒杯，浇自己块垒，借成文学的遭遇来抒发自己怀才不遇的愤懑。

下面这首诗，直白地表达了王维对仕途的看法。

不遇咏

北阙献书寝不报，南山种田时不登。

百人会中身不预，五侯门前心不能。

身投河朔饮君酒，家在茂陵平安否。

且此登山复临水，莫问春风动杨柳。

今人昨人多自私，我心不说君应知。

济人然后拂衣去，肯作徒尔一男儿。

　　我在朝廷为官的时候，上疏屡屡收不到回复。我退隐的时候，也没遇到风调雨顺的时节，处处粮食歉收。

　　那些热闹的盛会我无缘参与，向权贵们阿谀逢迎我也做不到。来到河朔之地与您饮酒，我的心里一直牵挂着家人。

　　春天再次来临，就让思念之情寄于山水之间吧，不必管春风是否吹动杨柳。

　　如今世人很自私，只为自己着想，我很看不惯这种事。这一点，您应该了解。

　　我想先建功立业，再从容退去。怎肯一辈子庸庸碌碌，那就枉做一个男子汉大丈夫了。

　　从诗中看得出来，王维因被贬而悲伤，可又不甘沦落，仍有入世之心。但现实逐渐消磨他的期待，他的思想逐渐产生变化。

　　王维的思想变化，在下面这首诗里有进一步阐述。

早入荥阳界

泛舟入荥泽，兹邑乃雄藩。

河曲闾阎隘，川中烟火繁。

因人见风俗，入境闻方言。

秋野田畴盛，朝光市井喧。

渔商波上客，鸡犬岸旁村。

前路白云外，孤帆安可论。

官员被贬在中国历史上是经常发生的事情。

有的人就此沉沦，最终客死异乡。

有的人随遇而安，远离官场、是非。

在《早入荥阳界》这首诗里，王维表达了自己对被贬的看法。

其实，告别违心的喧闹和应酬，内心可以不烦不乱。

日日置身于自然风景之中，一个人对山水田园才会产生实实在在的感悟。

王维学会了如何控制自己的情绪，自此变得特别成熟。

从这个方面讲，贬谪也成就了王维。

事实上，被贬的王维并没有虚度时光。

在济州，他与上司裴耀卿还是做了很多实事的。

特别是在玄宗封禅泰山的时候，当沿途各县官员纷纷借机盘剥老百姓时，裴耀卿上疏玄宗，称不能为壮大场面而强征赋税，获得玄宗赞赏。

最终，济州官府在没有劳民伤财的情况下，圆满完成了艰巨的政治任务。

在上司裴耀卿的影响下，王维也逐渐形成了自己的为官原则，即"不宝货，不耽乐，不弄法，不慢官，无侮老成人，无虐孤与幼"。

王维在济州期间，黄河泛滥成灾，裴耀卿带领王维等人到灾区督促修建堤坝。在救灾期间，他们起早贪黑，连吃饭和休息都顾不上。最终，济州官民成功抗击洪水，王维为大家的团结一致而感动，写出了现场感十足的诗《鱼山神女祠歌二首》（分别是《迎神曲》和《送神曲》）。

很显然，王维的这两首诗深受屈原作品的影响。

大家来看看《迎神曲》，感受一下王维把济州当自己家的感觉。

迎神曲

坎坎击鼓，鱼山之下。

吹洞箫，望极浦。

女巫进，纷屡舞。

陈瑶席，湛清酤。

风凄凄兮夜雨，神之来兮不来？

使我心兮苦复苦！

如果没有对济州人民的深切情感，王维是断然写不出这样的诗的。

身处逆境却有所作为，大灾当前却官民融洽。

这也是王维后来能在仕途上重新崛起的基础。

• • • • • • • 王维对于"合群"的意见 • • • • • • •

自济州司仓参军一职离任后，王维在淇上做了一个小官，而后干脆直接隐居了。可他那颗渐冷的心仍不时变得滚烫，734 年，闲居长安的王维赴洛阳，至张九龄处求汲引。

在张九龄的帮助下，王维得以回朝，这时他已经三十五岁"高龄"了。

张九龄可不得了，他是西汉开国功臣张良的后人。

他还写出了千古名句"海上生明月，天涯共此时"。

张宰相为"开元之治"做出了卓越的贡献。

他提倡以王道代替霸道，以缓解社会矛盾；他反对穷兵黩武，力求保境安民；他主张扶持农桑，轻徭薄赋；他还大力革新吏治。

除了政治上不断作为，张九龄还仪表不凡，风度翩翩。

唐玄宗也很欣赏张九龄的风度，以至于张九龄罢相后，每逢有人举荐人才，唐玄宗总要问一句："风度得如九龄否？"

王维曾给张九龄写过干谒诗。干谒诗是为推销自己而写的一种诗歌，类似于现代的自荐信。

上张令公

珥笔趋丹陛，垂珰上玉除。

步檐青琐闼，方憩画轮车。

市阅千金字，朝开五色书。

致君光帝典，荐士满公车。

伏奏回金驾，横经重石渠。

从兹罢角抵，且复幸储胥。

天统知尧后，王章笑鲁初。

匈奴遥俯伏，汉相俨簪裾。

贾生非不遇，汲黯自堪疏。

学《易》思求我，言《诗》或起予。

当从大夫后，何惜隶人余。

　　王维在这首诗里，高度赞扬了张九龄的风度和才华，觉
得这样的人被国家重用，是大唐的福气。

　　王维也委婉地表示，自己希望为国家和人民做点力所能
及的事情。

　　其实，张九龄也非常欣赏王维。

　　就这样，在老张的帮助下，王维出任右拾遗。

　　有个长辈当自己的知己，得其提携，自然是人生之幸。

因此，王维对张九龄是无比感激的，有下面这首诗为证。

献始兴公

宁栖野树林，宁饮涧水流。

不用食粱肉，崎岖见王侯。

鄙哉匹夫节，布褐将白头。

任智诚则短，守仁固其优。

侧闻大君子，安问党与仇。

所不卖公器，动为苍生谋。

贱子跪自陈，可为帐下不？

感激有公议，曲私非所求。

王维的这首诗情绪高涨，核心思想就是五个字："可为帐下不？"

一向含蓄的王维，这次为何问得如此直白？

这缘于他对张九龄人品的高度认可。

可是，没过多久，就发生了意外情况。

公元 737 年，张九龄被奸臣李林甫排挤，遭到贬官。

被张九龄提拔的人，也受到牵连，一般都没什么好果子吃。

张九龄罢相后，王维涌现的政治热情重新冷了下去。他由用世转为避世，寄情山水，写出来的诗，风格也大大改变了。平和淡远的诗风，占据了他创作的绝大部分。

随便来几句，就知其中一二。

"隔牖风惊竹，开门雪满山。"

"涧户寂无人，纷纷开且落。"

"来日绮窗前，寒梅著花未？"

"愿君多采撷，此物最相思。"

"深林人不知，明月来相照。"

这类诗大多笔调平淡，情感平和，清新悠远。
这样的诗句大部分写于辋川。

辋川，在今陕西蓝田之南。
那里青山迤逦、层峦叠嶂，遍布奇花高树，风景优美。
最适合王维这种喜欢安静，又懂得欣赏和感悟的人居住。

安史之乱对李白和王维来说，都是人生中一道艰难的坎。

李白因投奔永王，犯下"附逆"大罪，成了阶下囚。

对王维来说，那几年也不好过。

公元 756 年，长安城陷落，唐玄宗仓皇奔蜀。

王维当时所任的官职是给事中，他来不及逃跑，便被安禄山的部队捕获。

王维不想在安禄山的伪政府里为官，偷偷吃了泻药，一天拉十几次。

安禄山不相信他有病，将他关押在洛阳的菩提寺，逼迫他就范。

安禄山与其手下于凝碧池庆祝胜利，召集乐工奏乐，乐工悲泣演奏。王维在洛阳菩提寺听闻此事，含泪赋诗一首。

诗的标题比诗本身还长：

菩提寺禁裴迪来相看说逆贼等凝碧池上作音乐供奉人等举声便一时泪下私成口号诵示裴迪

万户伤心生野烟，百官何日再朝天。

秋槐叶落空宫里，凝碧池头奏管弦。

后来，王维无奈在伪政府中就职，岗位还与长安陷落之前一样，为给事中。

第二年，政府军收复长安，因为写过上面那首诗，并有中书令崔圆及弟弟王缙求情，王维被从轻处分。

之后的几年，是王维生命的最后时光。

对自己担任伪职的事情，王维一直耿耿于怀，还写过一篇很长的文章。

《责躬荐弟表》（节选）

臣年老力衰，心昏眼暗，自料涯分，其能几何。

久窃天官，每惭尸素。顷又没于逆贼，不能杀身，负国偷生，

以至今日。

陛下矜其愚弱，托病被囚，不赐疵瑕，屡迁省阁。

昭洗罪累，免负恶名，在于微臣，百生万足。

昔在贼地，泣血自思，一日得见圣朝，即愿出家修道……

在这篇文章里，王维的姿态简直低到了尘埃里。

安史之乱后，王维断断续续在朝中为官，但用世之心渐渐地淡了。

处理完日常事务后，王维便在家静坐，焚香悟禅。

王维就像《鹿柴》里写到的青苔那样，默不作声，悄然长在角落。

他已经不再期待什么了。

早在贬官济州时，王维隐居的想法就萌芽了。

济州过赵叟家宴

虽与人境接，闭门成隐居。

道言庄叟事，儒行鲁人余。

深巷斜晖静，闲门高柳疏。

荷锄修药圃，散帙曝农书。

上客摇芳翰，中厨馈野蔬。

夫君第高饮，景晏出林闾。

赵叟的生活富有情趣，这样的田园生活与京城的生活相比，虽然朴实无华，但更接近生命的本质，正是我所羡慕的啊！

后来，王维写诗给画家张諲。张諲是王维的好友，王维隐居终南山时，张諲来访。

答张五弟

终南有茅屋，前对终南山。

终年无客常闭关，终日无心长自闲。

不妨饮酒复垂钓，君但能来相往还。

我在终南山有茅屋一间，一年到头没人来打扰，我也乐得自在。

张五弟，我们什么时候能喝点酒再钓钓鱼啊？

从诗中看，王维的那股闲适劲，真是让人心生羡慕。

与隐居相对应的，是禅思。

王维的一大人生主题，就是努力参禅悟理。

王维写过很多看似简单却极富禅意的诗歌。

山居即事

寂寞掩柴扉，苍茫对落晖。

鹤巢松树遍，人访荜门稀。

绿竹含新粉，红莲落故衣。

渡头烟火起，处处采菱归。

此诗是王维的一篇微型日记，记录了他独居山林的心情。

内心寂寞，关上柴门，在苍茫暮色中望着落日余晖。

松林里满是鹤筑的巢，它们每天欢唱着，相比之下，我的生活安静又平淡，很少有人来访。

因为生活环境幽静，竹子生长的每个阶段我都能看得清清楚楚。渡口那边逐渐热闹起来，是船家劳作了一天后唱着歌归来了。

当然，王维也给自己的偶像陶渊明写过诗。

偶然作六首·其三

陶潜任天真，其性颇耽酒。

自从弃官来，家贫不能有。

九月九日时，菊花空满手。

中心窃自思，傥有人送否。

白衣携壶觞，果来遗老叟。

且喜得斟酌，安问升与斗。

奋衣野田中，今日嗟无负。

兀傲迷东西，蓑笠不能守。

倾倒强行行，酣歌归五柳。

生事不曾问，肯愧家中妇。

王维认为，陶渊明的天真洒脱、特立独行是他最可爱的地方。

那境界是常人很难抵达的，因为世人不想放弃的浮华太多太多。

懂老陶者，王维也。

王维是多面的，他有积极入世的一面，也有远离尘世的一面。

唐代佛学盛行，王维的一生，受佛教徒母亲崔氏的影响深远。

王维的名字即来自佛教人物。

王维，字摩诘，合起来即"维摩诘"，这是佛教中一位著名的大乘居士。

王维的母亲希望儿子净己净人，不沾染人间的尘埃。

她经常教导儿子，为人要平静内敛，顺境不要贪，逆境不要怨。

　　王维将佛教思想注入自己的作品，创作出了令世人惊叹的诗与画。

　　他的诗句，清冷幽邃，充满禅意。

　　　　"泉声咽危石，日色冷青松。薄暮空潭曲，
　　　　　安禅制毒龙。"（《过香积寺》）
　　　　"行到水穷处，坐看云起时。偶然值林叟，
　　　　　谈笑无还期。"（《终南别业》）
　　　　"松风吹解带，山月照弹琴。君问穷通理，
　　　　　渔歌入浦深。"（《酬张少府》）
　　　　"空山不见人，但闻人语响。返景入深林，
　　　　　复照青苔上。"（《鹿柴》）
　　　　"木末芙蓉花，山中发红萼。涧户寂无人，
　　　　　纷纷开且落。"（《辛夷坞》）
　　　　"人闲桂花落，夜静春山空。月出惊山鸟，
　　　　　时鸣春涧中。"（《鸟鸣涧》）

　　王维彻底沉沦在山水里，甚至写过一篇对后世影深远的《山水论》，开头便是——

凡画山水，意在笔先，丈山尺树，寸马分人。远人无目，远
树无枝，远山无石，隐隐如眉；远水无波，高与云齐。

里面是不是有佛教的禅意？

神会大师与王维
关于诗的深度探讨

8

下面这首诗，是王维隐居时写给好友张少府的，最能总结概括他的心境。

酬张少府

晚年唯好静，万事不关心。

自顾无长策，空知返旧林。

松风吹解带，山月照弹琴。

君问穷通理，渔歌入浦深。

人老后只喜欢安静，对什么事都不怎么关心。反正自己也没有什么才华来报国，那就归隐居住到旧日的山林里。

松风吹来，拂动我宽松的衣带，让人感觉很是惬意。山里的月亮特别澄静，适合弹琴。如果你一定要问我穷困或显达的道理，不如听一听不远处渔民的唱歌声。

大家都以为，工维已经彻底与官场决裂，不再关心这个国家的未来。

可是读完下面这首诗，你会知道，其实王维还有另一面——他的内心仍然怀有天下和黎民。

老将行

少年十五二十时，步行夺得胡马骑。

射杀山中白额虎，肯数邺下黄须儿。

一身转战三千里，一剑曾当百万师。

汉兵奋迅如霹雳，虏骑崩腾畏蒺藜。

卫青不败由天幸，李广无功缘数奇。

自从弃置便衰朽，世事蹉跎成白首。

昔时飞箭无全目，今日垂杨生左肘。

路傍时卖故侯瓜，门前学种先生柳。

苍茫古木连穷巷，寥落寒山对虚牖。

誓令疏勒出飞泉，不似颍川空使酒。

贺兰山下阵如云，羽檄交驰日夕闻。

节使三河募年少，诏书五道出将军。

试拂铁衣如雪色，聊持宝剑动星文。

愿得燕弓射天将，耻令越甲鸣吾军。

莫嫌旧日云中守，犹堪一战取功勋。

这首诗其实是通过一位老将军的自述，讲出了王维自己的不甘心、不得志。

老将军年轻的时候很能打仗，却得不到提拔。

后来，岁月蹉跎，年龄上不占优势，老将军就被朝廷弃用了。

生活凄凉，年老体弱，老将军却依然想征战疆场，报效国家。

边塞经历在王维的人生中，是最特殊的一段经历，因为这段经历，他才写出了充满热血的句子。

那是公元 737 年，王维入凉州河西节度使幕府。

跟高适、岑参等唐朝诗人一样，王维也有了塞外的工作经历。

在那里，王维写出了一辈子最豪迈的诗句：

"大漠孤烟直，长河落日圆。"

"十里一走马，五里一扬鞭。"

"草枯鹰眼疾，雪尽马蹄轻。"

世道混乱，王维的精神世界却淡然、宁静。

看完塞外的天与地，他的诗与壮阔的景致，已配合得天衣无缝。

脑补大剧场

做人难，做官更难（25）

张九皋

> 姓王的，还我解元！@王维

岐王李范

> 你这个走后门的家伙，怎么又出来了？！

张九皋

> 难道王维没有走后门吗？！

王维

说话要讲证据
当心我告你诽谤

綦毋潜

> 这个胡说八道的，是什么人？

綦毋潜

> 还不赶快消失！

张九皋

这个群太危险了

晁衡

就算他走后门，也比你有才，比你帅……

张九皋

一句话知识点

唐朝选拔人才，一靠考试，二靠人脉。

太乐令刘贶

那次舞黄狮子的演出，真是连累你了！@ 王维

岐王李范

明明是我要看的，没你们什么事……

 唐玄宗

看看，他们都是为你背锅的！ @岐王李范

 岐王李范

王维

说什么都没用了，演也演了，贬也贬了……

王维

流下了有技术含量的泪水

 张九龄

也别失落了，如果在长安待一辈子，
哪会有后来的王维？

王维

恩公说的是！

王维

一句话知识点

王维的起点很高，但摔得也够重、够早，如果他不被贬到济州，恐怕他很难沉淀下来，他也无法明白人世间最重要的是什么。

王维

> @ 王缙 好弟弟，谢谢你！

王缙
> 谢什么？都是一家人！

王维

> 我后来才知道，你情愿自己降职，也要救我一命。

王维
>

王缙
> 这不是很正常吗？

中书令崔圆
> 兄弟情真是美好，令人感动！

中书令崔圆

标特否
(Beautiful)

王缙

对了，还要感谢崔大人！ @中书令崔圆

王缙

没有他说情，我们也救不了你！

母亲崔氏

看到你们两兄弟心连心，我很欣慰。

母亲大人，是我连累了弟弟……

王维

王维

母亲崔氏

阿弥陀佛，这都是前世修来的福分。

一句话知识点

王维逃过劫难，有三大原因：一是自己身陷险境时写了一首爱国诗，二是弟弟王缙的倾力帮助，三是崔圆的说情。

蒙蒙问爸爸

蒙蒙：王维做官，最优秀的是哪一段？

爸爸：你觉得呢？

蒙蒙：是在被贬济州期间，还是出使边塞期间？

爸爸：去边塞是他一生中最闪亮的时刻。

3

> "流连之地，挚爱一生
>
> ——王维的山水田园诗

毫无疑问，王维是中国山水田园诗的重要旗手。

面对大自然的时候，他是一个善于发现、善于表达的人，他能用平实的文字把山水田园的玄妙介绍给世人。

山水入怀，脚步从容。

群聊名称	山水田园，星辰大海 >
群二维码	>
群公告	>
备注	>
查找聊天内容	>
消息免打扰	

山水风物，能够疗愈人心。

王维这样的高手，简直是大自然的最佳翻译者。

先来看看下面这首名诗：

山居秋暝

空山新雨后，天气晚来秋。

明月松间照，清泉石上流。

竹喧归浣女，莲动下渔舟。

随意春芳歇，王孙自可留。

放眼望去，群山刚刚沐浴了一场秋雨，天气稍微有点冷，原来已经到了换季的时候。

从松树间洒下一片皎洁的月光，山石间，有清澈的泉水流出。竹林一阵喧响，听，是洗衣的姑娘们回家了。莲叶轻轻摇动，是那渔船顺流而下。

春日的花草就任它凋谢吧，山中的秋景便足以让王孙公子久留。

王维这首诗最重要的特点，就是以自然美来表现隐士的

高洁，带有优雅的生活情趣。

佛家讲质朴无瑕，回归本真，王维不仅体会到了，而且做到了。

公元 737 年，盛唐时期开明宰相张九龄被奸臣李林甫等排挤，被贬荆州。

本来一片赤诚的王维，内心变得异常冰冷。

被现实所伤后，王维觉得真正适合自己的，是山水。

历经几年的消极抵抗后，王维开始在终南山修别墅，过上了半官半隐的生活。

《终南别业》是王维居住在终南山别墅时的杰作。

终南别业

中岁颇好道，晚家南山陲。

兴来每独往，胜事空自知。

行到水穷处，坐看云起时。

偶然值林叟，谈笑无还期。

朝政日趋复杂，还是隐居生活更加惬意。

理想社会是什么样的呢？我不知道，也许就是目前的隐居生活吧！

青山一片，即世外桃源。

大词人苏东坡很喜欢王维的山水诗，评价道："味摩诘之诗，诗中有画；观摩诘之画，画中有诗。"

月下青松，石上清泉，云起水落，随意而行，这里正是王维最向往的世界。

再看看这首《竹里馆》：

竹里馆

独坐幽篁里，弹琴复长啸。

深林人不知，明月来相照。

上面这首诗，没有什么绮丽奇绝的文字，但组合在一起精妙无穷，可谓浑然天成。

竹里馆是辋川的胜景之一，房屋周围有竹林，因此得名。

独自坐在幽深的竹林里，一边弹琴一边放声长啸。

山林深寂，无人知晓我在哪里，只有一轮明月，前来相照。

王维的"深林人不知，明月来相照"两句，与李白的"举杯邀明月，对影成三人"，是不是有异曲同工之妙？

由此可以说，高手的内心，可能是相通的。

月下独坐、弹琴长啸，这种逍遥闲适的生活，是以前在官场混迹时难以实现的。

•••••• 孟浩然对王维山水诗的点评 ••••••

身在浊世，王维的内心向往高洁的境界。

在《济上四贤咏三首》中，王维赞叹过贤士们的情操。他说"息阴无恶木，饮水必清源"，这是王维对山水的挚爱，以山水之美来比拟人之高洁。

在《献始兴公》中，王维说"宁栖野树林，宁饮涧水流。不用食粱肉，崎岖见王侯"，这是王维对官场的厌恶。

可以说，王维在精神上还是有洁癖的。

再来品鉴下面这首诗。

青溪

言入黄花川，每逐青溪水。

随山将万转，趣途无百里。

声喧乱石中，色静深松里。

漾漾泛菱荇，澄澄映葭苇。

我心素已闲，清川澹如此。

请留盘石上，垂钓将已矣。

进入黄花川，常常沿着青溪辗转漂流，溪水随山势千回百转，不足百里之长。

水声在乱石间喧哗，在深松之中水色沉静。菱角荇菜在荡漾的溪水上漂浮着，芦苇倒映在清澈的水面上。

我的心本已安闲，又在如此恬淡的清澈水流中浸润，不禁想留在大石头上，过着垂钓的隐居生活。

王维这首诗移步换景，极富韵味和立体感。尤其是"声喧乱石中，色静深松里"这两句，以喧响衬托幽静，令人叫绝。

清淡自然，托物寄情，王维的心境已经与山水无缝衔接。

山中

荆溪白石出，天寒红叶稀。

山路元无雨，空翠湿人衣。

这首作品描绘了初冬之景，正好延续前面写秋的《山居秋暝》。

诗中的荆溪，发源于陕西蓝田县西南秦岭的山中，北流至长安，东北入灞水。

秋末冬初时去爬山，王维看到荆溪潺湲流过，溪流清澈见底，露出粼粼白石。

天气寒冷，红叶稀疏，虽然无雨，但树叶上残留的雨水，还是滴湿了行人的衣裳。

这首诗意境空灵，读来清新明快。

过香积寺

不知香积寺，数里入云峰。

古木无人径，深山何处钟。

泉声咽危石，日色冷青松。

薄暮空潭曲，安禅制毒龙。

这首诗写出了山中古寺的幽深静寂。

攀登好几里，到了云深处的群山。在人迹罕至的地方，听到古寺传来的钟声和泉水被高石所阻发出的声音，有一种"鸟鸣山更幽"的意味。

诗的最后两句则写，日暮时分，来到澄澈的水潭边，安然打坐，抑制心中的"毒龙"。

毒龙在这里喻指私心妄念，王维借此表达的意思是，一个人只有克服私心杂念，才能抵达幽静。

王维之诗，常用到"空"字。如"空山不见人""空山新雨后""夜静春山空"等，仅此一字，境界全出。

再看看下面这首诗，从地理上来说，范围更大，但仍然不脱幽然。

终南山

太乙近天都，连山接海隅。

白云回望合，青霭入看无。

分野中峰变，阴晴众壑殊。

欲投人处宿，隔水问樵夫。

　　快来看！眼前的终南山，高入云霄，临近天帝住所，绵延不绝的山峦，好像一直延伸到大海边。

　　往山下眺望，团团白云连成一片，走入青色的雾气中，它反而消失了。

　　以中央山峰为界，终南山不同区域的山谷，天气完全不一样。

　　今天想要在山中投宿，隔着水流向樵夫打听情况。

　　王维好似在说：天地如此宽阔，我等凡夫俗子，又在烦忧什么呢？

　　当王维将自然之景与田园生活结合起来时，他的诗便少了一分冷寂，多了一分人间烟火气。

　　毕竟，人不能完全与世隔绝，他还要生活，还要融入社会。

　　王维的田园诗，不仅充满浓厚的乡土气息，还非常有生活情趣。

烦嚣生活中的闲适恬静，是很难得的。

下面来看王维是如何抓住春天的特征，写一场春睡的。

田园乐七首·其六

桃红复含宿雨，柳绿更带春烟。

花落家僮未扫，莺啼山客犹眠。

红色的桃花，隔夜的雨；碧绿的柳丝，淡淡的烟。王维用几处细节就描绘出了如画般的自然美景。

花瓣凋落，但家僮还没来得及打扫；几只黄莺在啼叫，并不妨碍隐居者的深睡。此两句诗传达出王维闲居生活的悠然。

诗中的桃花、啼莺、眠客等意象是不是与孟浩然的《春晓》特别像？

也难怪王维与孟浩然能成为好朋友。

新晴野望

新晴原野旷，极目无氛垢。

郭门临渡头，村树连溪口。

白水明田外，碧峰出山后。

农月无闲人，倾家事南亩。

最喜欢在雨后初晴的时候，观赏田野风光。因为这个时候视野很开阔，连一点尘埃都看不见。

城门楼挨着渡头，树木连着溪口。流水在阳光下亮闪闪的，远处的山峰一座连着一座。

现在正是农忙时节，大家全员出门，很投入地在田里辛勤劳作。

这首诗是不是勾勒出了一幅优美的农村风景画？

下面这首田园诗，非常有名。

鹿柴

空山不见人，但闻人语响。

返景入深林，复照青苔上。

山里很空旷，看不到人，只能听到说话声。

夕阳照进树林深处，又照在幽暗之处的青苔之上。

王维以动衬静，将空山深林处的空寂幽深写得让人如临其境。《王孟诗评》评价此诗："无言而有画意。"

鹿柴（zhài，同寨），是辋川的胜景之一。

王维是诗人、画家兼音乐家，这首诗是诗、画、乐的最佳结合。

也正是以画家、音乐家对色彩、声音的敏感，王维才把握住了空山深林处的空寂幽深。

山居即事

寂寞掩柴扉，苍茫对落晖。

鹤巢松树遍，人访荜门稀。

绿竹含新粉，红莲落故衣。

渡头烟火起，处处采菱归。

关上柴门，苍茫的远方夕阳落下。鹤栖宿在松树旁，贫寒之家来访的人很少。

绿竹深处新开的粉花若隐若现，红莲的旧花瓣渐渐落下。

渡头上逐渐热闹起来了，是船家们劳作了一天后唱着歌归来。

王维的生活是简单安静的，甚至没有几个朋友来访。但他并不孤单，因为放眼望去，处处是热闹的场景，烟火气十足。

再冷的心，也要被暖到的。

春中田园作

屋上春鸠鸣，村边杏花白。

持斧伐远扬，荷锄觇泉脉。

归燕识故巢，旧人看新历。

临觞忽不御，惆怅远行客。

屋顶上斑鸠不住地叫，村头的杏花已经绽放。我拎着斧子整理上扬的枝条，扛着锄头去看地头的泉眼。

曾经远去的燕子飞回了它的旧巢，已是旧人的我翻看新年的日历。面对着酒想举起喝一口，却突然停了下来，因为想起了在外的游子，不免惆怅惋惜。

由此诗来看，田园生活虽然闲适，但王维的内心还是会思念朋友。

下面这首诗，则写出了春天的欣欣向荣和农民的愉快生活。

渭水田家

斜阳照墟落，穷巷牛羊归。

野老念牧童，倚杖候荆扉。

> 雉雊麦苗秀，蚕眠桑叶稀。
>
> 田夫荷锄至，相见语依依。
>
> 即此羡闲逸，怅然吟《式微》。

夕阳点点洒向村庄，深巷里，一群群牛羊正在往家的方向行走。

几位村中老汉惦念着放牧的孩子，拄着拐杖在柴门边等候着。

雉鸟鸣叫的时候麦苗逐渐变青，蚕儿睡眠的时候桑叶已经稀疏了。

农夫们扛着锄头往家里赶，路上遇到了还打招呼聊两句。

看到此情此景，我不禁羡慕起闲适的农家生活了，于是怅然地吟诵起《式微》。

这首诗注重细节，田家景象让人对乡村生活无比向往。

终南别业

> 中岁颇好道，晚家南山陲。
>
> 兴来每独往，胜事空自知。
>
> 行到水穷处，坐看云起时。
>
> 偶然值林叟，谈笑无还期。

《终南别业》这首诗，因千古名句"行到水穷处，坐看云起时"而被人称道。

王维说，他中年后就对"道"怀有浓厚兴趣，于是在终南山安家。

在这里，他可以到处玩耍，自得其乐。有时候爱寻找水的尽头，有时候爱看变化万千的云雾。有时候还会遇到村夫，跟他们无所顾忌地聊天，不知不觉时间流逝，都忘了回家。

人间还有比自由自在的时光更珍贵的吗？

王维一般爱写短诗，但偶尔也创作出中长篇的田园诗。

下面这首是王维十九岁时写的乐府诗，题材来源于陶渊明的《桃花源记》。

桃源行

渔舟逐水爱山春，两岸桃花夹古津。

坐看红树不知远，行尽青溪不见人。

山口潜行始隈隩，山开旷望旋平陆。

遥看一处攒云树，近入千家散花竹。

樵客初传汉姓名，居人未改秦衣服。

居人共住武陵源，还从物外起田园。

月明松下房栊静，日出云中鸡犬喧。

惊闻俗客争来集，竞引还家问都邑。

平明闾巷扫花开，薄暮渔樵乘水入。

初因避地去人间，及至成仙遂不还。

峡里谁知有人事，世中遥望空云山。

不疑灵境难闻见，尘心未尽思乡县。

出洞无论隔山水，辞家终拟长游衍。

自谓经过旧不迷，安知峰壑今来变。

当时只记入山深，青溪几曲到云林。

春来遍是桃花水，不辨仙源何处寻。

诗的内容不用介绍了，与陶渊明的《桃花源记》基本一致。

坐小船误入桃花源，看到迷人的美景，美景的尽头是村民聚居处，他们都穿着古代的衣服，和谐地共处。

山中幽深之处，好一个桃源仙境！离开后刻意去找，却再也找不到了。

虽有老陶的作品在前，却丝毫不影响诗迷们的阅读体验。

王维一生写了那么多山水田园诗，还嫌不够，一定要花时间向偶像致敬。

对乡村生活，王维到底有多喜爱，多流连，多享受？

大家自行去想吧。

- - - - - - - - **王维的集市之旅** - - - - - - - -

有时候，王维的山水田园诗，是写给好友的。

友情就像一坛陈酒，特别浓烈。

这种类型的山水田园诗，主要作于辋川。

四十四岁时，王维购得宋之问在蓝田辋川的房产，于此处重修别墅，与好友裴迪浮舟往来，弹琴赋诗。

裴迪，生卒年不详，只知道他是关中（今陕西渭河流域一带）人，曾做过蜀州刺史及尚书省郎，进过张九龄荆州幕府。

王维和裴迪有很多相似之处，他们同为山水诗人，同样受张九龄提携，同样喜欢隐逸生活，仕途都不得志。因而，王维在裴迪身上看到了自己。

王维有不少诗是写给裴迪的。

先看下面这首：

> 辋川闲居赠裴秀才迪
>
> 寒山转苍翠，秋水日潺湲。
>
> 倚杖柴门外，临风听暮蝉。
>
> 渡头余落日，墟里上孤烟。
>
> 复值接舆醉，狂歌五柳前。

暮色下，寒山中的苍翠越来越深。秋日的溪水，日日流淌不息。

我拄着拐杖，站在柴门之外，在风中听着暮色下最后的秋蝉鸣叫。

渡口之上，是一轮斜照的落日，村子里的炊烟开始升起。

裴迪兄弟有着如楚狂接舆一般的风度。看！他又喝醉了！正无所顾忌地在我面前歌唱。

苍翠的寒山、缓缓的流水、渡口的夕阳、村里的炊烟……王维笔下的世界，可谓有声有色。

王维的内心一定在说——这种安静又不失生机的生活，真是太美好了！

下面这首诗，还是写给裴迪的：

赠裴十迪

风景日夕佳，与君赋新诗。

澹然望远空，如意方支颐。

春风动百草，兰蕙生我篱。

暖暖日暖闺，田家来致词：

欣欣春还皋，澹澹水生陂。

桃李虽未开，荑萼满芳枝。

请君理还策，取告将农时。

风景一天到晚都很美，在这样明丽的风景中，我和你一起创作新诗。

安静地看着远处的天空，如意正好托住我的面颊。春风吹动花花草草，兰蕙生长在我家的竹篱边。

太阳暖融融地照着村庄，农夫来我这里陈说：草木如此有生机，是春天来了，池塘里的水涨满了，桃花李花虽然没有开放，但嫩芽已经爬满枝头。记得准备好劳作，不要错过了农忙时节。

这首赠诗语言平实，节奏却很欢快。

与好友置身于幽静的山水田园之中，远离钩心斗角的官场，又有什么不好呢？

下面这首诗，写的是雨中的辋川：

积雨辋川庄作

积雨空林烟火迟，蒸藜炊黍饷东菑。
漠漠水田飞白鹭，阴阴夏木转黄鹂。
山中习静观朝槿，松下清斋折露葵。
野老与人争席罢，海鸥何事更相疑。

连日雨后，空旷的树林里炊烟缓缓升起。蒸熟野菜，做熟黍子招待东边开荒的人。

看，宽阔的水田之上，有一行白鹭在飞翔，树林里还有

黄鹂婉转的歌声回响。

这些天，我一直在山中静养，看植物的勃兴与衰败，在松树下吃着素斋，采摘露葵。

村野老人与人热闹地争着席位，海鸥因为何事还来猜疑我呢？我已经从官场隐退，过的就是这种惬意的生活。

这首诗以深邃的意境，表达了王维对自己的隐居生活的满足。

这首诗历来被评家所推崇，认为"淡雅幽寂，莫过右丞《积雨》"。

如果大家熟悉白居易的经历，一定能找到王维和他的很多相似之处。

在黑暗的现实面前，王维跟白居易一样，不愿同流合污，但对世事又无能为力。

那么，摆脱苦闷的唯一方法，即远离是非。
如果不能彻底隐居，那就半官半隐。

每天与好友裴迪划船弹琴，赋诗唱和，吃斋念佛……
世间诸事，又关我何事？

元二向王维提问

需要说一句，正因为王维多才多艺，是文字、绘画及音乐天才，他才能把各种表达方式综合起来，彼此融合，调动读者的感官。

王维的诗，充满灵性；他的画，充满张力；他的音乐，亦淡亦远。

总之，诗、画和音乐神韵十足。

在人类历史上，还很少有这样一位全才，能把山水田园诗写得这么静谧深邃、富有禅意。

最伟大的艺术家，对自然山水必然是敏感的。

王维的触觉更加敏锐，他的诗比其他人的诗更加细致入微。

最能体现王维心境的，也许是下面这首短诗：

鸟鸣涧

人闲桂花落，夜静春山空。

月出惊山鸟，时鸣春涧中。

所有的浮躁、喧嚣和繁华褪去，心境变得无比宁静。

各种感官开放，甚至能感知到桂花的花瓣从枝头飘落。

这便是中国美学的至高境界：忘我。

因忘我，而获得内心的干净空灵。

王维让我们知道，一个人不应为外物所役。

山水田园，星辰大海（58）

孟浩然

> 王维兄弟，你在哪儿？

王维

> 在山顶，你看今天的落日，好漂亮！

王维

> 像蛋黄一样。

孟浩然

> 别看了，下山喝酒，我叫上裴迪、贺知章、李太白……

王维

> 太白就算了，我喜欢清静，那人是个话痨！

孟浩然

让我敷个面膜静一静

一句话知识点

孟浩然和王维、李白是好朋友，但王维和李白很少往来。

画家张谖
为啥我看你的诗，总像在欣赏一幅画？
@ 王维

张九龄
你忘了，他也是著名画家！

王维
每当我提笔的时候，我不知道是先画画还是先写诗……

神会大师
王施主，那就先休息一会儿。

王维
大师，我已经休息好些天了，也该爬起来写点什么，画点什么了……

裴迪
@ 王维 有句话，我不知道当说还是不当说……

王维
快讲，你什么时候变得这么扭捏了？！

裴迪

表面上看老兄一直在休息，但精神压力还是挺大的。

王维

为什么这么说?

裴迪

好多次喝完酒，你一直望向长安城……

王维

不想说话

一句话知识点

王维喜欢隐居，但其实他内心一直放不下朝廷。

王维

我一直想知道，您的长寿秘决是什么? @丘为

贺知章

是啊，我也想知道……

贺知章

我活了八十多岁，也不敢在丘老面前自称老汉。

刘长卿

佩服

丘为

那又怎样，只是在浪费粮食！

祖咏

丘老别这样，能活九十六岁，还不够你吹牛吗？

王维

想不通啊，跟丘老师一样，我也跟山水深度连接，也很有孝心！

王维

但是……

丘为

大家别催！

丘为

让我组织一下语言

祖咏

丘老，您倒是说话呀！

丘为

不好意思，年纪大了，刚才有点困，眯了一会儿。

一句话知识点

丘为整整活了九十六岁，他跟王维、祖咏、刘长卿交好。

蒙蒙问爸爸

蒙蒙：在王维的心里，到底是朝廷重要，还是大自然重要？

爸爸：你说呢？

蒙蒙：我觉得还是朝廷重要！

爸爸：这就是古人躲得再远，也得不到清静的原因！

4

问苍天，公道何在？

——王维的讽刺诗

　　说起讽刺诗，很多人首先会想到杜甫和白居易，两人都有讽刺诗名篇。

　　其实，脾气平和的王维也写了大量讽刺诗。

群聊名称　　　　　　　　　　不开心，不妨说出来 >

群二维码　　　　　　　　　　　　　　　　　　>

群公告　　　　　　　　　　　　　　　　　　　>

备注　　　　　　　　　　　　　　　　　　　　>

查找聊天内容　　　　　　　　　　　　　　　　>

消息免打扰　　　　　　　　　　　　　　　⚪

青年王维离家赴京，路过秦始皇陵时，曾写过一首著名的讽刺诗：

过始皇墓

古墓成苍岭，幽宫象紫台。

星辰七曜隔，河汉九泉开。

有海人宁渡，无春雁不回。

更闻松韵切，疑是大夫哀。

这首诗意在讽刺统治者大兴厚葬，批判了秦始皇穷奢极欲、榨取民脂民膏的一面。

据《汉书》记载，秦始皇的陵墓甚是壮观，"水银为江海，黄金为凫雁"，意为秦始皇墓中有用水银做的江海，用黄金雕刻的大雁。

王维在诗中说道，虽然秦始皇陵墓像山岭一样高，整个墓穴也极尽奢华，就像一座巨大的地下宫殿，可是即便如此，又有什么用呢？

一切终究都是死寂。

陵墓里有海却没有渡船，黄金雕刻而成的大雁也不会随季节迁徙（"有海人宁渡，无春雁不回"）。

时间在这里已经完全停滞。

王维在诗的尾联，明确表达了自己的态度：大风吹动之下，巨墓周边经常有松树被风吹得哗哗作响，听起来就像沉重的哀叹声。

从这首诗看得出来，王维对统治者穷奢极欲、不顾百姓死活的行为，是十分不满的。

然而，王维的态度表达得有些委婉，不似许浑、元好问那样尖锐。

王维不会像许浑气愤地拿薄葬的汉文帝来做对比，"一种青山秋草里，路人唯拜汉文陵"，意为嬴政和汉文帝同样葬在青山秋草里，但是人们只会去祭拜汉文帝。

王维也不会像元好问那样谈论起来就谩骂不止，"无端一片云亭石，杀尽苍生有底功"。

王维不仅借诗讽刺死去多年的秦始皇，还敢以讽刺诗对当时的玄宗下手。

早朝

柳暗百花明，春深五凤城。

城乌睥睨晓，宫井辘轳声。

方朔金门侍，班姬玉辇迎。

仍闻遣方士，东海访蓬瀛。

表面上看起来，这首诗书写的是宫廷生活。

可是隐约能感觉得到，其实王维在担心，玄宗会重蹈秦皇汉武的覆辙。

作为诗人，王维是非常敏感的，也是有预判能力的。

面对潜伏的危险、蠢蠢欲动的黑暗势力，王维用诗向当权者及时发出了警示。

下面这首诗，王维直接表达了他对黎民百姓的关切之心。

赠刘蓝田

篱间犬迎吠，出屋候荆扉。

岁晏输井税，山村人夜归。

晚田始家食，余布成我衣。

讵肯无公事，烦君问是非。

年终岁尾，农民们纷纷赶到城里，为的是缴纳当年的田租。

令人震惊的是，只有当晚剩下的庄稼能留给自己当口粮，也只有交纳后剩余的残缺布料才能用来给自己做新的衣裳，这是多么赤裸裸的剥削！

读完王维这首诗，是不是感觉隐约看到了白居易？

从现实因素看，长期隐居在山林，与基层干部群众打交道，王维对他们的痛苦怎能置之不理？

其实，王维与刘蓝田等好友在一起谈论时事时，国家和民众永远是他们的固定话题。

因此，王维会写诗对毫无作为、只懂享乐的官员进行讽刺，表达对广大老百姓的同情，也就不足为怪了。

王维的此类诗歌还有下面这首：

寓言

朱绂谁家子，无乃金张孙。

骊驹从白马，出入铜龙门。

问尔何功德，多承明主恩。

斗鸡平乐馆，射雉上林园。

曲陌车骑盛，高堂珠翠繁。

奈何轩冕贵，不与布衣言。

这首诗开头就发出疑问，这是哪家的孩子，穿着红色的官服？想来无非是金家或张家那样世代显贵人家的子孙！他们骑着白色或黑色的骏马，自由出入宫门。

紧接着，王维就抛出深思：有什么功业可言，就能享受这等待遇呢？不过是因为祖先承受了皇家的恩惠，你们作为子孙就可以在平乐馆观赏斗鸡，在上林园射猎野鸡。路上车马拥挤，朱门高院里，贵妇们的珍珠翡翠数都数不过来。怎奈何这些乘豪车、着华服的显贵之人，从不与布衣平民交流。

王维发出灵魂拷问：这个世界有什么公平可言？世家子弟那么高调，有建立什么功绩吗？

世家子弟一天天无所事事，却享受着最好的生活条件，来拍马屁的人趋之若鹜。

在底层生活中，王维看到了社会中存在的巨大隐患。

王维认为，这种无功而受巨禄的制度必须改变，不然社会矛盾必将激化。

如何换脸再领一次?

领过了,不够吃,恨不得换张脸再领一次。

官府那边在发大米,去领了吗?

王维很同情那些有良知又有才能之人,他们不甘自降底线,才不被朝廷重用。

济上四贤咏三首·郑霍二山人

翩翩繁华子,多出金张门。

幸有先人业,早蒙明主恩。

童年且未学,肉食骛华轩。

岂乏中林士，无人荐至尊，

郑公老泉石，霍子安邱樊。

卖药不二价，著书盈万言。

息阴无恶木，饮水必清源。

吾贱不及议，斯人竟谁论！

王维借此诗批评了不学无术又喜欢高调炫富的世家子弟，同时又采用对比的手法，揭露了阶层流动的不公平性。

其实，像郑、霍两位既有才学又品德高洁的隐士得不到重用，只是唐朝社会的一个缩影，因为全国各地，这种被埋没的人才还有很多很多。

对于自己怀才不遇的境地，王维也借诗抱怨了一下，"吾贱不及议，斯人竟谁论"。

没有办法，在那个年代，怀才不遇可能是孤洁高士的最终宿命。

王维同题材的诗歌，可以再看看下面这首：

偶然作六首·其五

赵女弹箜篌，复能邯郸舞。

夫婿轻薄儿，斗鸡事齐主。

黄金买歌笑，用钱不复数。

许史相经过，高门盈四牡。

客舍有儒生，昂藏出邹鲁。

读书三十年，腰间无尺组。

被服圣人教，一生自穷苦。

豪门贵族的人，把持着普通人的上升之途，令很多德才兼备的人无用武之地。

大唐这社会，病得很严重！

裴迪对王维的深度提问

怎么看待那些富家子弟的耀武扬威？

那都是认不清自己的人。

王维还有一些讽刺诗写到女性。

洛阳女儿行

洛阳女儿对门居，才可容颜十五余。

良人玉勒乘骢马，侍女金盘脍鲤鱼。

画阁朱楼尽相望，红桃绿柳垂檐向。

罗帏送上七香车，宝扇迎归九华帐。

狂夫富贵在青春，意气骄奢剧季伦。

自怜碧玉亲教舞，不惜珊瑚持与人。

春窗曙灭九微火，九微片片飞花璅。

戏罢曾无理曲时，妆成祇是熏香坐。

城中相识尽繁华，日夜经过赵李家。

谁怜越女颜如玉，贫贱江头自浣纱。

洛阳城中有一名女子正住我对门，她只有十五岁多，长得十分美丽。

她的丈夫骑着骏马，马具上镶嵌着珍贵的宝玉。她的使唤丫头捧着黄金制作的餐盘，里面盛放着精细烹制的鲤鱼。

此女子家的占地面积很大，亭台楼阁遥遥相望，上面都是彩绘朱漆，红桃绿柳则一棵棵在廊檐下排列得十分整齐。

女子在罗帐的掩饰下登上七香车，归来的时候仪仗宝扇簇拥着她的九华帐，看起来十分奢华。

女子的丈夫正值青春得意之时，过的是无比骄奢的生活，不仅亲自教心爱的姬妾学习舞蹈，就连珍贵的珊瑚树也能随便送人，毫不怜惜。

"城中相识尽繁华，日夜经过赵李家"两句，则点明与女子这样显贵之家来往的，都是城中的豪门大户。

诗的最后两句，笔锋一转，写道：貌美如玉的越女西施，贫穷低微，只好在江边漂洗纱布。可有谁去怜惜"江头自浣纱"的她呢？

这位西施，是中国历史上著名的四大美女之一。
很多文学家都曾写过她，王维也不能免俗。

西施咏

艳色天下重，西施宁久微。

朝为越溪女，暮作吴宫妃。

贱日岂殊众，贵来方悟稀。

邀人傅脂粉，不自著罗衣。

君宠益娇态，君怜无是非。

当时浣纱伴，莫得同车归。

持谢邻家子，效颦安可希。

美丽的女子从来都广受欢迎，浣纱女西施怎会一直低微？果然，她后来成了吴王的爱妃。

她身处社会底层时有什么与众不同的地方呢？等她显贵了，世人才惊悟她的丽质天下稀有。而后，有众多宫女立于左右为她服务。有了君王的宠爱，她的容貌也变得更加迷人。

往日一起浣纱的姐妹，再也不能跟西施来往。她的邻居东施，再怎么效仿也不可能获得君王的宠幸。

在这首诗里，王维借古讽今。

李林甫得势后，多有奸佞小人成为朝廷新贵。此诗极力

描摹古代美女西施得宠后的娇态，而现实中那些新贵的神态已是呼之欲出。

王维说他绝不做趋炎附势的人，这是由他的自尊和骄傲决定的。

息夫人

莫以今时宠，难忘旧日恩。

看花满眼泪，不共楚王言。

这首委婉含蓄的短诗，有很强的针对性，它表达的是王维不与坏人同流合污的操守。

诗题中的息夫人，是息国君主的妻子。息夫人路过蔡国被蔡侯纠缠，息侯听说后希望借楚国之力报仇。楚王俘获蔡侯，又知息夫人貌美，便征讨息国想霸占息夫人。息夫人后来被迫改嫁楚王。

尽管息夫人颇受宠爱，但她始终沉默寡言，从不主动和楚王说一句话。

沉默即反抗，这是息夫人的深情和执着。

王维引经据典，只想表达一个核心观点：

权力和富贵并不能征服所有人，即便那个人很弱小。

还有人说，王维所在的现实生活中也有一个"息夫人"。

《本事诗》记载，宁王宅子边上有个卖饼小贩，小贩的妻子肤白貌美，宁王一见倾心，给了小贩很多钱，得到小贩的妻子，并对这个女子十分宠爱。一年多以后，宁王在一次宴会上，问她："还想念卖饼的小贩吗？"女子沉默以对，宁王让小贩与他的前妻相见。女子见到前夫，悲泣不已。在座的客人，都为他们感到哀伤。王维被女子所感动，因此写下了《息夫人》这首诗。

王维对汉代的班婕妤特别感兴趣，为她连写几首诗：

班婕妤

其一

玉窗萤影度，金殿人声绝。

秋夜守罗帷，孤灯耿不灭。

其二

宫殿生秋草，君王恩幸疏。

那堪闻凤吹，门外度金舆。

其三

怪来妆阁闭，朝下不相迎。

总向春园里，花间笑语声。

　　这三首讽喻诗是宫怨题材，读来极其凄怆。

　　班婕妤虽然非常美丽，但是经常独守空房，期待被君王宠幸的愿望一次次落空。

　　她还在无尽地等待时，君王早就歇息了。

　　想一想，王维是不是借此暗喻自己这种知识分子的命运?

　　下面这首诗，既是讽刺诗，也是悲愤诗，更是王维的救命诗，在诗坛上非常有名。

菩提寺禁裴迪来相看说逆贼等凝碧池上作音乐供奉人等举声

便一时泪下私成口号诵示裴迪

万户伤心生野烟，百官何日再朝天。

秋槐叶落空宫里，凝碧池头奏管弦。

此诗与安史之乱中一段真实的故事有关。

公元755年，大唐各种社会矛盾无法调和，安史之乱爆发。

身兼范阳、平卢、河东三镇节度使的安禄山以诛杀杨国忠为名，发动叛军，在范阳起兵。

唐玄宗还与杨贵妃沉醉在幻梦中，低估了叛军实力，第二年叛军攻破潼关，进入长安，玄宗放弃长安逃往四川。

给事中王维来不及逃走，就被安禄山的军队抓获。

安禄山早听说王维的大名，便想让他为自己所用，稳定政权。

诗人王维没有性命之忧，比杜甫和李白的遭遇要好不少。

安禄山还命人将王维从长安送到洛阳，将其软禁在一个寺庙里。

安禄山派人给王维做思想工作，让他投降。

这是何等丢脸的事，王维当然不愿意。

为了逃过这一劫，王维动了很多心思，包括吃泻药装病。

后来，叛军开宴会，让一些乐工奏乐助兴。

其中一个叫雷海青的人很有骨气，把乐器直接摔到地上，

号啕大哭。

这可把安禄山气坏了，他当即命人将雷海青肢解示众。

王维装病失败，又得知雷海青的事，只得被迫接受安禄山的官职安排，担任了伪政府的给事中，与他此前担任的官职一样。

后来的故事大家都知道，叛军起了内讧，安禄山被儿子安庆绪所杀。

叛军元气大伤之际，李唐军队大举反攻，收复了长安、洛阳。

唐军回长安后，所有在伪政府任职的官员，全部被严肃处理，砍头的砍头，流放的流放。

王维的命运，在此时有个戏剧性的转折。

首先，王维有个弟弟叫王缙，也是一个才子，此时已是朝廷高官。

两兄弟感情深厚。知道大哥落难，王缙主动找肃宗做工作，还说自己愿意降职赎罪，以救兄长一命。

其次，就是王维被囚时写的那首诗。肃宗早就听闻了王维被囚时写下凝碧诗，心里还是比较感动的。

最后，中书令崔圆也帮了王维一把。

不管是什么原因，朝廷对王维出任伪职的问题没有再追究，之后还升了他的官，王维后来官至尚书右丞。

这在当时是非常罕见的事情。

王家兄弟的对话

猥琐中透露着一丝丝恶心。

大哥，你对安禄山有什么印象？

121

5分钟
爆笑诗词
王维篇

脑补大剧场

不开心，不妨说出来（166）

唐玄宗

> 王爱卿，你为啥写那么多讽刺诗？

王维

> 皇上……

唐玄宗

> 看来在你的眼里，大唐很不太平啊！

王维

> 皇上……

唐玄宗

> 看看你们推荐的是什么人？@玉真公主 @岐王李范 @宁王李宪

玉真公主

> 皇兄，他以前不是这样的！

岐王李范

> 他以前不是这样的 +1

宁王李宪

他以前不是这样的 +1

王维

 惹不起
惹不起
惹不起

 一句话知识点

王维虽然爱写田园风光和大自然景色，但他也写讽刺社会现实的诗，大唐的衰败是他心中的痛。

 张九龄

小王，以后记得藏好自己的锋芒！
@ 王维

 孟浩然

他还有锋芒？

张九龄

年少得志，又遇挫折，难免心中有不平，不平就会生埋怨。

王维

恩公看人，真的太准了！

 济州刺史裴耀卿

@ 张九龄 他在济州已经非常平心静气了，还为老百姓办了很多好事。

 张九龄

别人都跟我说了，难得有你这样的好上级！

 济州刺史裴耀卿

张大人言重了！

 济州刺史裴耀卿

@ 王维 以后多看山水，少说政事！

王维

您说得对！

一句话知识点

王维也会不平则鸣，但仕途的挫折和生活的磨难教会了他很多。

124

王维

这次真的好险！差点在安史之乱里丢命……

王缙

那可真是危险啊，幸亏哥哥写了那首能自证清白的诗。

杨国忠

什么诗？

王缙

你没资格问！安史之乱，你也要负责任！

杨国忠

我负什么责任？我多次提醒皇上，要提防安禄山那个小人……

唐玄宗

杨爱卿，你这是在骂我看人不准喽？

唐肃宗

父皇，难道您看人很准？

唐肃宗

这里 崩溃

安禄山

看你们吵架，特别有意思！

安禄山

哈哈哈哈哈

唐肃宗

这个败类怎么在群里？

"王维"将"安禄山"踢出聊天室

蒙蒙问爸爸

蒙蒙：想不到王维心里有那么多不平和怨气。

爸爸：哪个知识分子身上没有？

蒙蒙：他们不怕崩溃吗？

爸爸：所以他们经常去大自然中修复自己……

5

> ## "我也是热血的汉子"

——王维的边塞诗

　　王维一生两次赴边塞，留下了流传千古的诗篇。

　　王维文质彬彬的表象下，也有热血的基因。诗中有他喷薄而出的侠义，也有他至死不悔的热血。

　　王维出塞的半年，是他一生中最闪亮的阶段。

群聊名称	期待第三次边塞行 >
群二维码	>
群公告	>
备注	>
查找聊天内容	>
消息免打扰	

王维一直以秀气文雅的形象留存在历史中，他通音律，会绘画，诗风淡远飘逸。但这种文质彬彬的形象只是他的一面，王维也有着热血的基因。

王维年轻时写过下面这组诗：

少年行四首

其一

新丰美酒斗十千，咸阳游侠多少年。

相逢意气为君饮，系马高楼垂柳边。

其二

出身仕汉羽林郎，初随骠骑战渔阳。

孰知不向边庭苦，纵死犹闻侠骨香。

其三

一身能擘两雕弧，虏骑千重只似无。

偏坐金鞍调白羽，纷纷射杀五单于。

其四

汉家君臣欢宴终，高议云台论战功。

天子临轩赐侯印，将军佩出明光宫。

这组诗，可以说概括了王维的前半生。

诗中有他喷薄而出的侠义，也有他至死不悔的热血。

谁不知道边塞辛苦又危险呢？

可纵使战死沙场，也能侠骨留香啊！

说起王维的第一首边塞诗，应该是二十一岁那年踌躇满志之作。

当时，王维还对官场有着满腔热情，一心只想报效国家。

燕支行

汉家天将才且雄，来时谒帝明光宫。

万乘亲推双阙下，千官出饯五陵东。

誓辞甲第金门里，身作长城玉塞中。

卫霍才堪一骑将，朝廷不数贰师功。

赵魏燕韩多劲卒，关西侠少何氛氲。

报雠只是闻尝胆，饮酒不曾妨刮骨。

画戟雕戈白日寒，连旗大旆黄尘没。

鼍鼓遥翻瀚海波，鸣笳乱动天山月。

麟麟锦带佩吴钩，飒沓青骊跃紫骝。

拔剑已断天骄臂，归鞍共饮月支头。

汉兵大呼一当百，虏骑相看哭且愁。

教战虽令赴汤火，终知上将先伐谋。

诗题中的"燕支"为山名，即焉支山。汉武帝时期，霍去病曾率军出陇西，过焉支山千余里，最终击败匈奴。

虽然写此诗时，王维还没去过边塞，缺乏相关体验，但是他凭借自己的想象，为"汉家天将"作传，使人产生一种身临其境之感。

出征、行军、战斗、获胜……在刚健奔放的氛围中，王维塑造出汉代天将的英武气概。

细细品味，王维的这首诗像不像为英雄人物撰写传记？

王维一生所写的那些边塞诗，似乎是这种情结的延续。

其实，与军事武功不沾边的读书人王维，阴差阳错，一生有两次赴边。

只不过，这两次赴边都缘于朝廷权力斗争。

因为李林甫的排挤，王维的恩公张九龄被贬。作为张九

龄提拔的人，王维此时心灰意冷，同时又担心李林甫对自己不利。

奇怪的是，李林甫没有特别针对王维。

也许是因为李林甫垂涎这个年轻人的才华，希望他给自己写些马屁诗。

公元 737 年春天，河西节度使崔希逸袭破吐蕃。

不久后，王维以监察御史的身份前往边塞，同时任节度判官。

王维出使边塞，一方面是出于皇帝对崔希逸的褒奖，另一方面王维要担负起监视崔希逸的重任。

这听起来是不是有点尴尬？

不管如何，久居中原的王维，走向大漠后，心境开阔不少。

面对大自然的那一刻，人才知道自己的渺小，天地的广袤。

有人说，王维出塞的半年，是他一生中最闪亮的阶段。

为何这么说呢？来看看下面这首诗：

使至塞上

单车欲问边，属国过居延。

征蓬出汉塞，归雁入胡天。

大漠孤烟直，长河落日圆。

萧关逢候骑，都护在燕然。

这是王维最负盛名的边塞诗。

首次赴边，他既写浩瀚的边关景色，又写自己的畅快心境，呼应极好。

通过这首诗，我们感受到的是什么？

美丽、宁静、辽阔、博大，这是一种刚毅之美。

尤其"大漠孤烟直，长河落日圆"两句，是最能体现王维边塞诗特点的金句，令人难忘。

• • • • • • • 崔希逸对王维的烧脑提问 • • • • • •

从文人的小我进入大我，俺的CPU*都冒烟了。

你怎么如此喜欢塞外？

*CPU：中央处理器，代指脑子。

边塞诗在中国古诗里，是一个独特的类别。

顾名思义，这类诗主要描写边塞风光、军旅生活、将士情思，以及杀敌报国的抱负等内容。

盛唐时期，诞生了很多著名的边塞诗人，如"七绝圣手"王昌龄，以及大名鼎鼎的岑参、高适、王之涣等。

边塞诗的创作之所以在唐代兴盛，可能与时代氛围有关。

众所周知，唐太宗李世民很能打，大唐的江山一大半都是他打下来的。

很多人不知道的是，他也很能写。

《全唐诗》收录了李世民征辽东期间的多首边塞诗，如《饮马长城窟行》《执契静三边》《辽城望月》《辽东山夜临秋》等。

这种开疆拓土的精神，激起了人们到边塞前线去建功立业的雄心壮志，强大的边防和军事实力为文人们前往边塞提供了现实条件。

一个叫杨炯的诗人写道："宁为百夫长，胜作一书生。"

主要活跃于武则天时代的大诗人陈子昂，曾赴边塞，写下 20 多首边塞诗，如《赠赵六贞固二首》《观荆玉篇并序》《居延海树闻莺同作》等。

有个叫高适的考生，早期多次落榜，郁郁不得志。

走上战场后，仕途忽然迎来转机，高适一跃成为大唐唯一封侯的诗人。

还有个叫岑参的湖北人，曾五次至军中供职，其中有两次是亲往前线，创作有 70 多首边塞诗。

这些人诗作质量上佳，有竞争大唐最佳边塞诗人的潜力，不过我还是更想提名王维。

因为王维的边塞诗，质量绝对上乘，场景宏大。

比如王维写边塞的雪，极有格调。

"关山正飞雪，烽戍断无烟"，写的是大雪之壮阔；

"草枯鹰眼疾，雪尽马蹄轻"，写的是雪化后人类意气风发的狩猎活动；

"路绕天山雪，家临海树秋"，写的是边塞的极寒天气。

有人可能会问，那王翰、王昌龄、王之涣呢？

我认为他们只能排在第二梯队，无法超过王维。

在我心中，王维不仅是山水田园诗的鳌头，还是边塞诗

一哥。

难得，难得！

我们先来看王维这首古体的边塞诗：

陇西行

十里一走马，五里一扬鞭。

都护军书至，匈奴围酒泉。

关山正飞雪，烽戍断无烟。

这是首紧张急促的短诗，里面有策马奔腾，也有雄浑风光，极富紧迫感和冲击力。

马儿啊，为了让你跑快些，我抽了一鞭又一鞭，你不要怪我冷酷，都是为了工作。

凶猛的匈奴军队，围住了酒泉地区，正是生死存亡的时刻。军情紧急，可此时远望关山只有满天飞雪，根本看不到燃起的狼烟。

通过描绘壮阔的关山飞雪图，渲染了边关的紧急状况与紧张气氛，展现出诗篇"意出象外"的深邃与凝重。不得不说，王维的文字水平，真的已臻化境。

得益于两次抵达边塞，拿到大量的第一手资料，王维创作出了这样可见可闻可感的诗句。

这类诗歌真实性高，有些像记者发回的即时报道。

如下面这首：

> 凉州郊外游望
>
> 野老才三户，边村少四邻。
>
> 婆娑依里社，萧鼓赛田神。
>
> 洒酒浇刍狗，焚香拜木人。
>
> 女巫纷屡舞，罗袜自生尘。

此诗对凉州边民祭神的场面进行了描写，可谓现场感十足。

人们把酒洒在用草编成的狗上，对着用木头雕刻的神像焚香祭拜。女巫们屡次纷然起舞，罗袜也沾上了尘埃。

这种风格的边塞诗，还有下面这首：

凉州赛神

凉州城外少行人，百尺烽头望虏尘。

健儿击鼓吹羌笛，共赛城东越骑神。

读完王维这首诗，才知道唐代边疆军民有赛神之传统习俗。

赛神的活动，大概相当于我们现在的运动会，场面热闹非凡，各种项目依次登场，气氛欢快，军士的士气得到极大的鼓舞。

榆林郡歌

山头松柏林，山下泉声伤客心。

千里万里春草色，黄河东流流不息。

黄龙戍上游侠儿，愁逢汉使不相识。

山头的松柏树早已长成一片树林，山下的泉水一直流淌，声音幽咽，令人悲伤。

春天，山上青草一望无际，黄河向东奔流从不停息。

守在边疆的少年将士们，看到我却不认识，我们彼此是不相识的异乡人。

王维此诗写榆林郡春天的风光与边防将士之乡愁。

前四句写边疆的环境，最后两句写战士见到使者却不识的惆怅情绪。

王维借景抒情，化用乐府诗体，笔墨简洁，雄风怨调。

王维的下面这首诗，也令人印象很深。

出塞作

居延城外猎天骄，白草连天野火烧。

暮云空碛时驱马，秋日平原好射雕。

护羌校尉朝乘障，破虏将军夜渡辽。

玉靶角弓珠勒马，汉家将赐霍嫖姚。

吐蕃首领率军到居延关打猎，关外长满白草的原野烈火熊熊，边关正是剑拔弩张之际。

战火骤起，守边的唐军沉着应战，进军神速，夺得了最终的胜利。

本诗中王维运用了对比的手法，使得诗中的唐军形象显得更加英伟。

王维的山水田园诗写尽清冷安静，边塞诗则气势十足。

王维是真的为盛唐国力之强盛而自豪。

李林甫的无端提问

塞外生活才一年多，你怎么变得那么瘦？

人胖了，看书都像看菜单。

4

王维是个重感情的诗人。

无论何时，无论何地，王维心里都牵挂着朋友。

在赴边塞前后，王维写了大量的送别诗。

这些诗歌都很阳刚，充满豪情，鼓励对方建功立业。

比如《送张判官赴河西》《送赵都督赴代州得青字》《送刘司直赴安西》《送平淡然判官》《送元二使安西》等。

来看下面这首：

送张判官赴河西

单车曾出塞，报国敢邀勋？

见逐张征虏，今思霍冠军。

沙平连白雪，蓬卷入黄云。

慷慨倚长剑，高歌一送君。

王维之所以要"慷慨倚长剑"，高歌送朋友，是因为友人张判官请求赴边塞。

王维被友人的这种气概所打动，写出这样的诗句也就很正常了。

再看下面这首：

送赵都督赴代州得青字

天官动将星，汉地柳条青。

万里鸣刁斗，三军出井陉。

忘身辞凤阙，报国取龙庭。

岂学书生辈，窗间老一经。

好友赵都督要去代州赴任，为国征战，王维真诚地写诗

相送。

王维同时表示，作为一个读书人，自己很是惭愧，要向真正的军人学习。

送刘司直赴安西

绝域阳关道，胡烟与塞尘。

三春时有雁，万里少行人。

苜蓿随天马，蒲桃逐汉臣。

当令外国惧，不敢觅和亲。

在通往西域的路上，到处是沙尘，春天偶尔有大雁飞过，人类极少到那一带活动。

苜蓿草、葡萄种子和宝马传到内地，先辈为此付出了巨大的代价，此次刘司直去安西都护府，一定要威震外族，使他们再也不敢强行和亲。

送陆员外

郎署有伊人，居然古人风。

天子顾河北，诏书隶征东。

拜手辞上官，缓步出南宫。

九河平原外，七国蓟门中。

阴风悲枯桑，古塞多飞蓬。

万里不见虏，萧条胡地空。

无为费中国，更欲邀奇功！

迟迟前相送，握手嗟异同。

行当封侯归，肯访南山翁？

与前几首类似，王维这首送给陆员外的诗，也寄托了自己经世治国的抱负。

说起来有些矛盾，王维是著名的"佛系"诗人，偏爱隐居生活。

可是，在边塞诗中，他又变得热情洋溢，直白地展露自己的爱国热情。

● ● ● ● ● ● ● 裴迪求王维点评 ● ● ● ● ● ● ●

应该这么理解，王维的爱国之心，一直藏得很深很深。

王维还有一类边塞诗，与写实型、送别型都不同，那就是想象的边塞诗。

诗人并非看到实景而写诗，可能他只是做了个梦，就写下一首这样的诗，也可能他想象边疆壮阔的场景，便挥笔而成。

看看下面这首诗：

陇头吟

长安少年游侠客，夜上戍楼看太白。

陇头明月迥临关，陇上行人夜吹笛。

关西老将不胜愁，驻马听之双泪流。

身经大小百余战，麾下偏裨万户侯。

苏武才为典属国，节旄落尽海西头。

上面这首诗，将"长安少年""陇上行人""关西老将"三种人，以及戍楼看星、月夜吹笛、驻马流泪三种边塞生活交叉书写，形成鲜明对照。

全诗的整体氛围，是寂寞悲凉。

边塞生活如此艰苦，老将奋勇杀敌，建功立业，结果，回到朝廷时却得不到封赏。这真令人悲愤。

下面这首名诗，作于王维出使塞上之时。

观猎

风劲角弓鸣，将军猎渭城。

草枯鹰眼疾，雪尽马蹄轻。

忽过新丰市，还归细柳营。

回看射雕处，千里暮云平。

弓弦在大风的吹动下发出鸣响，原来是将军在渭城策马打猎。

地面上的草变得枯黄后，猎鹰能看得更清楚。大雪融化后，马儿的动作更轻，跑得史快。

一眨眼的工夫，将军就跑过了新丰市，打猎结束后又回到了细柳军营。

回头看看刚刚射雕的地方，还是云朵千里，与大地连为一体。

　　此诗前四句写射猎的过程，后四句写将军回营，回顾狩猎的快意。

　　可谓豪情万丈。

　　明代文学家顾璘只用了六个字来评点此诗：格高，语健，老手。

脑 补 大 剧 场

期待第三次边塞行（100）

李林甫
> 没想到我让王维去边塞，还成就了他！

张九龄
> 别往自己脸上贴金！

李林甫
> @ 王维 你来说说是不是这个理？

王维
> 去边塞，总比待在长安为你写马屁诗强！

孟浩然
> 马屁诗……太可怕了，好像闻到一股臭味……

李林甫
> @ 孟浩然 一边去，自古以来哪个诗人不写几句马屁诗！

孟浩然
> 我没写过！

李林甫

所以你混得最差……

孟浩然

鸟都不鸟你

一句话知识点

据说李林甫看重王维的诗才，想让他多写些马屁诗，所以才没有迫害他。

崔希逸

@ 王维　兄弟，没想到你的边塞诗写得那么好，简直绝了！

王维

崔将军，我那不算什么！

王维

你为国建功，那功绩，那气概，那才绝呢！

唐玄宗

崔将军何在？朕要重用你！

 崔希逸

……

王维

皇上，我去边塞的第二年，崔将军就去世了……

 唐肃宗

多重用这样的人才，哪有什么安史之乱啊！

 唐玄宗

挠大了头

一句话知识点

　　王维作为朝廷派出的使者，一方面是朝廷对节度使重视，另一方面王维需要替朝廷监视他们。

陈子昂

小王，你那句"大漠孤烟直，长河落日圆"，令老夫叹为观止！

王维

过奖过奖！您的"念天地之悠悠，独怆然而涕下"才是真的好！

王维

在下读着读着，都流泪了……

王翰

@王维 我最爱你的"草枯鹰眼疾，雪尽马蹄轻"，动静相宜，给人美的享受。

王维

您的"醉卧沙场君莫笑，古来征战几人回？"又是何等豪气，非真男人写不出这样的诗……

王昌龄

大家觉得，王翰的这两句，比得上我的"秦时明月汉时关，万里长征人未还"吗？

高适

我提个建议，大家能不能克服一下，不要互吹和自吹？

高适

辣眼睛！

 王昌龄

自吹和被吹，那也是需要资格的。

王维

别这么说，人家可是大唐唯一封侯的诗坛奇才呢！

 高适

你这话，怎么有种酸溜溜的味道，难道是嫉妒？

高适邀请"唐太宗李世民"进入群聊

 土之涣

我的天哪！

5分钟
爆笑诗词
王维篇

岑参
> 王炸来了……

杨炯
> 而且是连环王炸……

唐太宗李世民
> 你们这个边塞诗人群，怎能没有朕？

贾至
> 一帮文人乐和乐和，没想惊动了圣驾！

唐太宗李世民
> 大家继续，朕就是凑个热闹，随便看看！

（五小时后）

唐太宗李世民
> 怎么朕入群后，你们一句话都没了？！

王维
> 估计大家都在写文章，"跟大领导在一个群是什么感觉"……

一句话知识点

　　唐朝的边塞诗是中国古代文学的一道独特风景，有不少诗人写出了名作，而李世民也写过很多边塞诗。

蒙蒙问爸爸

蒙蒙：王维这个人真矛盾。

爸爸：哦？

蒙蒙：他能写特别静谧的田园生活，也能写特别苍凉的边塞风光。

爸爸：能干的人，总是什么都会的！

王维年谱

武周长安元年（701）

● 郭元振为凉州都督、陇右诸军州大使。郭元振增筑城堡，
开屯田，积军粮，边境稍安。

● 武则天年事已高，政事多委张易之兄弟。邵王李重润与妹
永泰郡主及郡主婿武延基私议二张不宜任意出入宫中。张易
之诉之武则天，武则天怒，九月初三逼令三人自杀。

● 日本遣粟田真人为遣唐执节使，坂合部大分任大使，巨势
邑治为副使等入唐。

● 大诗人李白生于碎叶，其先人于隋末流寓西域。

● 王维生。字摩诘，祖籍太原祁县（今属山西），其父迁居
蒲州（治今山西永济西南蒲州镇）。

长安二年（702）

● 正月，突厥进犯；十月，吐蕃入寇。

- 初设武举。武举主要对两方面进行考核，一是以骑射和运用武器为主的武艺技能，包括长垛、马射、马枪三项；二是对身体、体力、体能等身体条件和身体素质的考核，包括负重、材貌、言语等项。武举及第后，便取得了做官的资格，可以在兵部参加铨选，得到相应官职。

- 始置北庭都护府，治庭州（今新疆吉木萨尔北破城子），辖天山北路突厥诸羁縻府州，与当时的安西都护府分掌天山南北两路。

- 王维二岁。

长安三年（703）

- 唐休璟为相。魏元忠为张易之、张昌宗所诬陷，被贬高要。

- 吐蕃遣使献马千匹、金二千两以求婚。然翌年其赞普器弩悉弄卒于军中，故和亲不成。

- 王维三岁。

长安四年（704）

- 姚崇为灵武道安抚使。张柬之为相。

- 李辅国出生，后来成为当权宦官，及唐代第一个当上宰相的宦官，相貌奇丑无比。

- 王维四岁。

中宗神龙元年（705）

- 正月，张柬之、崔玄暐、敬晖、桓彦范、袁恕己举兵诛张易之、张昌宗，逼迫武则天传位李显，李显复帝位。复国号曰唐。立韦氏为后。

- 大赦，改元神龙，本年即为神龙元年。

- 是年冬，武则天崩。

- 王维五岁。

神龙二年（706）

- 太平、安乐公主各开府置官属。敬晖等五人遭流放。立李重俊为太子。

- 画家韩干约在本年出生，后以画马著称。

- 王维六岁。

神龙三年，九月，改元景龙元年（707）

- 太子李重俊起兵诛武三思父子，并欲杀韦后，兵溃而死。

- 安乐公主与宗楚客诬陷相王李旦与太子同谋。

- 王维七岁。

景龙二年（708）

- 朔方军总管张仁愿筑三受降城，以御突厥。上官婉儿拜为昭容。

- 安乐公主尤骄横，与长宁公主竞起宅第，接近宫掖。

- 杜甫之祖父杜审言卒。

- 王维八岁。

景龙三年（709）

- 宗楚客为中书令。

- 王维九岁。知属辞。

景龙四年，六月，睿宗即位，七月，改元景云元年（710）

- 六月，韦后与安乐公主合谋，毒杀中宗，立李重茂为帝。

- 临淄王李隆基起兵讨韦后，诛其属下。相王李旦复位，废李重茂为温王。

- 李隆基被封为平王，后被立为太子。

- 王维十岁。

景云二年（711）

- 李隆基被立为太子，其姑太平公主起初不以为意。稍久，知其英武，便欲另立庸弱者以巩固己权，与益州长史窦怀贞结为朋党，想加害太子。

- 姚崇、宋璟上奏睿宗，建议让太平公主离开京城，结果二

人被贬离京城。

- 王维十一岁。

八月，玄宗即位，改元先天元年（712）

- 八月，睿宗传位太子李隆基，是为玄宗，尊睿宗为太上皇。

沙陀金山遣使进贡。

- 杜甫生。

- 王维十二岁。

先天二年，十二月，改元开元元年（713）

- 郭元振为相，助玄宗诛杀太平公主及其党羽。

- 高力士知内侍省事。

- 张说任中书令，封燕国公。

- 玄宗讲武骊山，郭元振因军容不整遭流放，后起为饶州司马，

病死途中。

- 宋之问卒。

- 王维十三岁。

开元二年（714）

- 京都置左右教坊。

- 突厥默啜可汗率军围北庭，郭虔瓘斩杀其子，突厥败退。

- 为戒奢靡，玄宗将珠玉、锦绣毁于殿前。

- 薛讷等率兵六万击契丹，大败，诏免讷死，削其官爵。冬十月，薛讷大破吐蕃。

- 作兴庆宫、花萼相辉之楼、勤政务本之楼。

- 是岁，置幽州节度、经略、镇守大使。

- 王维十四岁。

开元三年（715）

- 薛讷为凉州大总管，郭虔瓘为朔州大总管，以备突厥。

- 置侍读官，以马怀素、褚无量为侍读，待以师傅礼。

- 郭虔瓘为安西四镇经略大使。

- 张孝嵩出使西域，八国请降。

- 王维十五岁，离家赴长安。

开元四年（716）

- 玄宗任命郧王及陕王为节度使，均不出朝赴任，诸王遥领节度使以此始。

- 太上皇崩，上庙号为睿宗。

- 突厥降部叛唐，薛讷、王晙讨之。

- 姚崇被贬为开府仪同三司。宋璟为相。

- 王维十六岁。在长安。

开元五年（717）

- 玄宗巡幸东都。

- 三月，朝廷于柳城置营州都督。

- 恢复贞观旧制，令谏官、史官随中书省、门下省及三品官入朝奏事，群臣对仗奏闻。

- 王维十七岁。在长安，曾至洛阳。本年有诗《九月九日忆山东兄弟》。

开元六年（718）

- 令州县行乡饮酒礼。

- 冬十一月，玄宗返回长安。

- 吐蕃进表请和。

- 王维十八岁。在长安。

李宪

开元七年（719）

- 徙宋王李宪为宁王。

- 宋璟用人不私亲贵。

- 始置剑南节度使，领益州、彭州等二十五州。

- 王维十九岁。在长安。七月，赴京兆府应试。有诗《赋得清如玉壶冰》。

开元八年（720）

- 玄宗下诏缩短兵役年限。

- 宋璟被贬为开府仪同三司，苏颋为礼部尚书。

- 张嘉贞为相。

- 契丹大臣可突干废主另立。

- 王维二十岁，在长安。春，就试吏部，落第。是年，从岐王李范等游宴。

开元九年（721）

- 改蒲州为河中府，设置中都官僚。

- 突厥遣使求和。

- 姚崇卒。张说被任命为兵部尚书、同中书门下三品。

- 刘知几卒。

- 玄宗设置朔方节度使。

- 王维二十一岁。本年春，擢进士第，任太乐丞。约在本年送綦毋潜落第还乡，作诗《送綦毋潜落第还乡》。后被贬为济州司仓参军，本年秋离京到任。

开元十年（722）

- 张说兼朔方节度使。

- 内侍杨思勖讨平安南。北庭节度使张嵩大破吐蕃。

- 张说建议募兵充禁军，被采纳，唐代兵、农之分自此始。

- 王维二十二岁。在济州。

开元十一年（723）

- 玄宗自东都洛阳北巡，在并州置北都，改并州为太原府。

- 张嘉贞罢相。

- 置丽正书院。

- 王维二十三岁。

开元十二年（724）

- 山东各州旱情严重，玄宗选名臣为诸州刺史。

- 杨思勖为辅国大将军。

- 王皇后被废。

- 宇文融为御史中丞。

- 王维二十四岁。本年裴耀卿出任济州刺史，王维仍在济州。

开元十三年（725）

- 惩酷吏子孙，对其任官加以限制。

- 改集仙殿为集贤殿，置学士、直学士。

- 十一月，玄宗封禅泰山。十二月，还东都洛阳。

- 王维二十五岁。任济州司仓参军。本年祖咏擢第授官后东行赴任，曾过济州，王维留之宿，且送之至齐州，赋诗赠别。

开元十四年（726）

- 张说修五礼。

- 李元纮为相。

- 户部奏户口极盛。

- 王维二十六岁。本年暮春，离济州司仓参军任。

开元十五年（727）

- 唐军于青海之西大破吐蕃。

- 作十王宅、百孙院。

- 赐后宫中位尊而为天子所亲近者丝一缫，以育蚕。

- 苏颋卒。

- 吐蕃侵扰边境，朝廷任萧嵩为河西节度副使，以御吐蕃。

- 王维二十七岁。

开元十六年（728）

- 杨思勖讨伐岭南造反的獠人。

- 张说兼集贤殿学士。

- 王维二十八岁。约在本年隐居淇上。

开元十七年（729）

- 朔方节度使李祎攻拔吐蕃石堡城，玄宗改其名为振武军。

- 八月，玄宗庆生，百官进表以玄宗生日为千秋节。

- 宇文融为相，不久被罢官。

- 王维二十九岁，在长安。始从大荐福寺道光禅师学顿教。

本年冬，孟浩然还襄阳，临行前，有诗赠王维，王维亦有诗送之。

开元十八年（730）

- 令百官春月每十日休一日，休息日选胜地行乐。

- 任裴光庭为侍中，兼吏部尚书。

- 吐蕃请和。契丹可突干杀李邵固，领契丹人胁迫奚人投降突厥。

- 王维三十岁。疑仍闲居长安。

开元十九年（731）

- 宦官势盛。

- 以《毛诗》等赐吐蕃。

- 冬，玄宗至东都洛阳。

- 王维三十一岁。妻亡约在本年。

开元二十年（732）

- 信安王李祎大破契丹兵。

- 冬，玄宗返回长安。

- 扩大幽州节度使辖区。

- 王维三十二岁。

开元二十一年（733）

- 遣大门艺讨渤海王不克。

- 韩休为相，十二月，被罢相，张九龄被起用为相。

- 左丞相宋璟致仕。

- 玄宗分天下为十五道，置采访使。

- 王维三十三岁。本年前，王维有诗赠房琯。

开元二十二年（734）

- 玄宗至东都洛阳。二月，秦州大地震，压死官吏及百姓四千余人，玄宗命萧嵩前去慰问。

- 迎方士张果至东都。

- 李林甫为相。幽州节度使张守珪大破契丹。

- 禁止乞丐在京城行乞，并置病坊救济。

- 王维三十四岁。仍闲居长安。秋赴洛阳，献诗张九龄求汲引，

后隐居嵩山。有诗《上张令公》。

开元二十三年（735）

- 册封杨玄琰之女杨玉环为寿王妃。

- 王维三十五岁。春，仍隐于嵩山。后拜右拾遗，于是离开

嵩山至东都洛阳任职。有诗《献始兴公》。

开元二十四年（736）

- 北庭都护盖嘉运击破突骑施。

- 三月，下令礼部侍郎主管科举。张守珪派平卢讨击使安禄

山讨奚、契丹，败绩，送京师，上赦之。张九龄争之，不听。

- 张九龄罢相，以李林甫、牛仙客为相。

- 王维三十六岁。在东都洛阳为右拾遗。冬十月，随玄宗返

回长安。

开元二十五年（737）

- 河西节度使崔希逸袭破吐蕃。

- 张九龄被贬为荆州长史。

- 玄宗听信谗言，太子李瑛、鄂王李瑶、光王李琚被赐死。

- 李林甫爵晋国公，牛仙客爵豳国公。

- 宋璟卒。武惠妃卒。

- 王维三十七岁。春，在长安任右拾遗。夏，赴河西节度使幕，先为监察御史，后兼节度判官。本年四月张九龄被贬为荆州长史后，王维有《寄荆州张丞相》诗寄之。

开元二十六年（738）

- 立忠王李玙为太子。

- 封南诏蒙归义为云南王。

- 玄宗设置龙武军。

- 王维三十八岁。五月，河西节度使崔希逸改任河南尹，王维自河西还长安，同年崔希逸卒。

开元二十七年（739）

- 张守珪遭贬。盖嘉运擒获突骑施可汗。

- 追谥孔子为文宣王，追赠孔子弟子为公、侯、伯。

- 王维三十九岁。在长安。疑仍为监察御史。

开元二十八年（740）

- 张九龄卒。

- 王维四十岁。迁殿中侍御史。本年冬，知南选，自长安经襄阳、郢州、夏口至岭南。孟浩然本年卒。王维有诗《哭孟浩然》。

开元二十九年（741）

- 玄宗梦见老子，派人寻找老子画像，置于兴庆宫中。

- 吐蕃入寇，被击败。

- 玄宗任用安禄山为营州都督，兼平卢军使。

- 宁王薨，追谥曰"让皇帝"。

- 吐蕃攻陷石堡城。

- 王维四十一岁。春，自岭南北归，曾过瓦官寺拜谒璿禅师。

于本年归长安后隐居终南山。

天宝元年（742）

- 分平卢为节度镇，以安禄山为平卢节度使。

- 二月，玄宗于新玄元庙祭祀玄元皇帝老子。

- 李林甫被世人称为"口有蜜，腹有剑"。

- 左相牛仙客去世，李适之为左相。

- 王之涣卒。

- 王维四十二岁。在长安。本年出任左补阙。

天宝二年（743）

- 安禄山入朝。

- 韦坚引浐水作广运潭成。

- 王维四十三岁。在长安。仍为左补阙。约在此年与王昌龄、

王缙、裴迪集青龙寺昙壁上人院，共赋诗。

天宝三年（744）

- 太子改名为李亨。

- 安禄山兼范阳节度使。

- 杨玉环入宫。贺知章约于本年卒。

- 王维四十四岁。仍在长安为左补阙。约在本年营筑蓝田辋川别业。

天宝四年（745）

- 回纥怀仁可汗击杀突厥白眉可汗，北方边疆稍安，而回纥全有突厥故地。怀仁可汗卒，其子立，号为葛勒可汗。

- 以朔方节度使王忠嗣兼任河东节度使。

- 册封韦昭训之女为寿王妃，以杨玉环为贵妃。

- 安禄山为立军功，对奚、契丹多有侵扰，待其反叛，带兵讨伐并击败之。

- 王维四十五岁。转任侍御史。出使榆林、新秦二郡约在本年。又曾至南阳郡，与神会和尚见面。有诗《榆林郡歌》。

天宝五年（746）

- 王忠嗣为河西、陇右节度使，仍兼朔方、河东节度使，大

破吐蕃于青海、积石，又破吐谷浑全部。

- 李适之罢相。

- 陈希烈为相。

- 王维四十六岁。约在本年转任库部员外郎。

天宝六年（747）

- 李邕被杖杀而死。

- 玄宗广求天下贤能之士，一众士人应试，但李林甫从中作梗，未录取一人，后上表贺曰野无遗贤。

- 安禄山兼御史大夫，得玄宗信任，出入禁中，自请为贵妃儿。王忠嗣奏安禄山必反，李林甫忌恨王忠嗣。改名骊山温泉宫曰华清宫。

- 以哥舒翰为陇右节度使。

- 高仙芝为安西四镇节度使。

- 王维四十七岁。仍任库部员外郎。

天宝七年（748）

- 高力士加官为骠骑大将军。

- 六月，玄宗赐安禄山铁券。

- 杨钊出任给事中，兼御史中丞，判度支事。贵妃姊三人皆封夫人。

- 哥舒翰筑神威军城，又筑应龙城。吐蕃不敢近青海。

- 王维四十八岁。约在本年迁库部郎中。

天宝八年（749）

- 李林甫杀咸宁太守赵奉璋。

- 李林甫奏请停止折冲府上下铜鱼、敕书，精兵皆聚于西北边，中原始无武备。

- 哥翰攻拔吐蕃石堡城。

- 王维四十九岁。仍任库部郎中。闰六月，萧嵩薨，同年下葬，维为其作诗《故太子太师徐公挽歌四首》。

天宝九年（750）

- 玄宗同意群臣至西岳华山筑坛祭天之请，但未成行。

- 赐安禄山东平郡王爵位，唐朝将帅封王自此始。以安禄山兼河北道采访处置使。

- 赐杨钊名国忠。

- 南诏王阁罗凤反，陷云南郡。

- 王维五十岁。本年春，丁母忧，回辋川居住。

天宝十年（751）

- 玄宗为安禄山起宅第于亲仁坊。安禄山兼河东节度使。

5分钟
爆笑诗词

- 鲜于仲通讨南诏，败绩，杨国忠仍然报捷。

- 高仙芝击大食，败绩。安禄山讨契丹，败绩。

- 杨国忠兼领剑南节度使。

- 王维五十一岁。本年为母守丧，居于辋川。十月，韩朝宗葬于蓝田白鹿原，王维为其作墓志铭。

天宝十一年（752）

- 安禄山击契丹。

- 改吏部为文部，兵部为武部，刑部为宪部。

- 杨国忠为御史大夫。

- 李林甫死，杨国忠为相。

- 王维五十二岁。三月初，服丧期满，出任吏部郎中。本年吏部改为文部后，仍守此职。

天宝十二年（753）

- 追削李林甫官爵。

- 杨国忠与安禄山交恶。哥舒翰兼河西节度使。

- 诗人张继登进士第。

- 王维五十三岁。仍任文部郎中。本年夏，李岫出为睢阳太守，王维作诗送之。本年秋，晁衡还日本国，王维作诗送行。本年九月衡岳瑗公南归，王维曾与崔兴宗共同赋诗送之。

172

天宝十三年（754）

- 安禄山入朝，加左仆射，归范阳。

- 李宓伐南诏，全军覆没，杨国忠仍然报捷。

- 王维五十四岁。仍任文部郎中。

天宝十四年（755）

- 安禄山请以蕃将代汉将，从之。

- 哥舒翰入朝，路上中风，留京师。

- 十一月，安禄山在范阳起兵。玄宗召安西节度使封常清入京御安禄山。

- 以郭子仪为朔方节度使。以荣王李琬、高仙芝统军东征。封常清败于虎牢关。安禄山陷东都洛阳。高仙芝退保潼关，大片国土沦陷。下诏斩杀封常清、高仙芝。以哥舒翰为副元帅，征讨安禄山。郭子仪使李光弼、仆固怀恩等击安禄山兵，进拔马邑。平原太守颜真卿、常山太守颜杲卿俱起兵讨贼。

- 王维五十五岁。转任给事中。

天宝十五年，七月，肃宗即位，改元至德元年（756）

- 安禄山自称大燕皇帝，改元圣武。

- 许远为睢阳太守。

- 贼史思明陷常山城，又陷邺郡、广平等郡。郭子仪荐李光弼为河东节度使。李光弼入常山，执安思义，与郭子仪合兵，大败史思明。郭子仪、李光弼与史思明战于嘉山，大败之，收复河北十余郡。六月，哥舒翰被逼出关，与贼军战于灵宝，大败，潼关失守，贼遂入关。

- 杨国忠劝玄宗至蜀中避难。帝出奔蜀，至马嵬驿，士兵哗变，杨国忠及杨贵妃被诛。玄宗留太子讨贼。

- 郭子仪、李光弼闻潼关失守，引兵入井陉关。七月，太子即位于灵武，尊玄宗为上皇天帝。

- 玄宗至成都。

- 王维五十六岁。仍为给事中。本年六月，安禄山攻陷潼关，进入长安；玄宗奔蜀，王维不及跟从，为贼所得，服药取痢。安禄山素知其才，遣人押至洛阳，拘于寺中，迫以伪署。八月，安禄山于凝碧池宴请其百官，命乐工奏乐，诸工皆泣，王维于寺中闻之，悲甚，潜赋凝碧诗。九月之后，被迫接受伪职，仍为给事中。

至德二年（757）

- 玄宗在蜀地。

- 安庆绪杀安禄山。史思明入寇太原，李光弼破之。郭子仪平河东。安庆绪使史思明守范阳。永王李璘兵败身死。郭子仪令其子郭旰等人统兵，攻下潼关，后因叛军前来救援，大败。玄宗思张九龄旧事，遣人祭祀张九龄。

- 夏，肃宗任命郭子仪为司空，天下兵马副元帅。唐军收复西京长安、华阴、弘农。十月，睢阳陷落，唐军收复洛阳。肃宗至洛阳。安庆绪败退邺郡。十二月，玄宗自蜀还长安。叛军势孤，史思明等降唐。

- 王维五十七岁。十月，唐军入洛阳后，将事安禄山伪朝之官吏一并收押，送至长安。王维在长安，与郑虔、张通等并囚于杨国忠旧宅。十二月，陷贼官以六等定罪，王维以凝碧诗曾为肃宗所闻，当时其弟王缙官位已显，请削己职以赎兄罪，肃宗遂宥之。

乾元元年（758）

- 李辅国势盛。

- 徙楚王李俶为成王。

- 史思明复反。

- 安庆绪占据邺郡，肃宗命郭子仪等讨伐安庆绪，以宦官鱼朝恩为观军容宣慰处置使。郭子仪拔卫州，遂围邺郡。

- 立成王为太子，更名豫。

- 王维五十八岁。本年复官，授太子中允，加集贤殿学士；迁太子中庶子、中书舍人。任中书舍人时，同贾至、岑参、

杜甫等并为两省僚友，时常唱和。本年六月之前，严武为京兆少尹，王维曾与之往来。本年秋，复拜给事中。请施庄为寺，约在本年。

乾元二年（759）

- 史思明称燕王。唐军讨伐，兵溃相州。

- 史思明杀安庆绪，还范阳，僭称帝。七月，肃宗召郭子仪还京。

- 李光弼大败史思明于河阳。

- 王维五十九岁。仍任给事中。

- 约在本年为沙门惠干进所注《仁王经》作表。本年春，钱起为蓝田县尉，与王维有相互酬唱之诗：王维赋《春夜竹亭赠钱少府归蓝田》，钱起作《酬王维春夜竹亭赠别》；王维另赋《送钱少府还蓝田》，钱起又作《晚归蓝田酬王维给事赠别》。

上元元年（760）

- 李光弼破史思明于怀州，又破之于河阳。

- 高力士被流放巫州。

- 李光弼拔怀州，擒安太清。

- 王维六十岁。本年转任尚书右丞。

上元二年（761）

- 李光弼率军与史思明战于邙山，败绩。河阳、怀州皆陷。

- 史朝义杀史思明。

- 梓州刺史段子璋反，被平定。

- 以李光弼为太尉，统八道行营节度。加李辅国兵部尚书。

- 九月，肃宗下诏以建子月（夏历十一月）为岁首。

- 江淮地区发生特大规模的饥荒。

- 王维六十一岁。任尚书右丞。本年春，弟王缙为蜀州刺史未还，维上表乞尽削己官，放归田里，使王缙得还京师。五月四日，王缙任左散骑常侍，王维上谢恩状。七月，王维卒，葬于辋川。

《5分钟爆笑诗词》
下一册有请……